一船星辉

著名诗人徐志摩在《再别康桥》里这样吟诵:"寻梦?撑一支长篙,向青草更青处漫溯;满载一船星辉,在星辉斑斓里放歌。"这本散文集,就是我的"一船星辉",就是我在这星辉斑斓的世界里的高声放歌或低吟浅唱。

陕西新华出版
太白文艺出版社·西安

图书在版编目（CIP）数据

一船星辉 / 燕羽著.--西安：太白文艺出版社, 2025.7.
ISBN 978-7-5513-3072-5
Ⅰ.I267
中国国家版本馆 CIP 数据核字第 20252B2K78 号

一船星辉
YI CHUAN XING HUI

作　　者	燕　羽
责任编辑	张　鑫
封面设计	邓秀琼
版式设计	成都昕韵文化传播有限公司
出版发行	太白文艺出版社
经　　销	新华书店
印　　刷	成都市天金浩印务有限公司
开　　本	880mm×1230mm　1/32
字　　数	163 千字
印　　张	6.75
版　　次	2025 年 7 月第 1 版
印　　次	2025 年 7 月第 1 次印刷
书　　号	ISBN 978-7-5513-3072-5
定　　价	58.00 元

版权所有 翻印必究
如有印装质量问题，可寄出版社印制部调换
联系电话：029-81206800
出版社地址：西安市曲江新区登高路 1388 号（邮编：710061）
营销中心电话：029-87277748　029-87217872

斑斓星辉，放歌寻梦
——燕羽老师《一船星辉》序

这本散文集的书名出自中国现代诗歌名篇《再别康桥》中的名句，仅这个书名就令人充满无限遐想和好奇心：当我们沉浸在美好的梦境中，手持长篙划着满载星辉的宝船，眺望青青的水草高声放歌……也许，这就是作者创作的心境吧！

作品分为"世界那么大""风物细思量""围炉话过往"三大部分，让我们随着《一船星辉》的"三部曲"，浪漫前行。

在"世界那么大"的斑斓星辉中，作者通过亲眼所见的美丽风光，把读者带向了欧洲、大洋波岸、非洲的金字塔和中国的美好世界。如第一篇散文《王国之旅》，描述了欧洲的千年古镇、大西洋的游轮、薰衣草的传说、修道院的建筑、酒吧、流动音乐的吟唱，甚至联想到了作家梅尔《山居岁月》中普罗旺斯的故事。在西班牙的巴塞罗那，从游客如织的现状回眸到了两千多年前的罗马帝国时代的情景、哥伦布走过的石梯、中世纪的骑士。但作者的思维不局限于眼前的一切，很快又转向了唐朝的锦江帆船"烟花三月下扬州"的景象。这是一种超乎寻常的思维和写作技巧。在西班牙的塞戈维亚，笔调又触及了眼见的蓝天白云，两千年前罗马帝国的大水渠，瞬间又转向了都江堰水利工程，以及紫坪铺水库，并作了横向比较："中国的都江堰讲究天人合一，在不破坏环境和生态的情况下治理水患；古罗马大水渠讲究顺应自然的人为的打造，喜欢用科学的计算，巧妙的手工。这也许是东西方人思维方式的不同：西方喜欢现实和科学，东方喜欢缥缈和禅意。"一路向南，作者来到了科尔多瓦、塞维利亚等古城，描述了南欧的清真寺、遍布鲜花的小巷、古代王宫等阿拉伯之风，随处都和中国古代的情景交织一起浮想联翩，甚至提到了南唐李后主荡气回肠的诗句："……问君能有几多愁？恰似一江春水向东流。"

《王国之旅》堪称游记散文中的一篇精彩之作，这并非只用美妙的文字简单描绘随处游历的所见所闻，而是身临美好景观时涌现出来的浪漫思绪，不仅融贯古今、纵横中外，而且引证中国文学中的名诗名句来作隐喻。遍观作者亲历国内外各处的游记散文，几乎都充满着这种特色。如在美国科罗拉多高原观赏到的印第安人保护区，引发出殷商人种的比较、大自然与神话的传说。"呼吸，吐故纳新，总有一口空气融合了几十亿年前的分子，让我沉淀一种也许沉淀不了的历史厚重感。"这表现出作者惊人的穿透式的想象力。又如《我在银河斑斓里放歌》，这标题印证了书名"一船星辉"的浪漫，描述了令人神往的埃及古文明、美丽的尼罗河畔；《金字塔：千年孤坟，向谁话凄凉》，充满着对四千年前埃及法老胡夫金字塔的玄秘想象。

从国外异域再回到国内放歌，在春天的甲居藏寨、秋天的卧龙彩林、若尔盖黄河第一湾、丹巴美人谷、滇南蒙自的铁路、滇越边界的河口、中缅边界的芒市、贵州的布依铜鼓、黔西石门坎……斑斓的星辉同样散发出无穷的想象力，生动勾画出对少数民族文化的深度体悟。

"风物细思量"挥毫转向大自然的景物，依然闪耀着斑斓的星辉：从川西坝子林盘院子生活的回眸到"给春天盖个章"，从简阳桃花会到丰都鬼城望乡台，从赤水河畔那碗清汤炸酱面到贵州的湄潭之恋，从三峡随船欢歌到杜甫草堂河畔的"云隙光"，还有大自然美景中的花草、银杏、玉兰，还有粮食和蔬菜，都似乎隐藏着人间故事，在星空跃然生辉。

作者不仅放歌于全球景观和大自然之中，还把自己的教书人生、儿时回忆、对父母和亲人的怀念、追寻家族历史足迹的散文作品归入"围炉话过往"。如《他》《2024年，父亲来过》，回顾的是来自燕赵、出身军旅的父亲平凡亦不平凡的人生故事，"知足了，平静了，喜乐了，这就是我2024年的终极体验"，作者似乎在梦中放歌大山般的亲情。当然，作者一直在追寻外祖父刘度的故事，《春心》出版后依然没有停止弘扬正能量，更多地是在总结创作的体悟，传播刘度的真实人生，如开办《春心》讲座，深情朗诵《爱的投递》，挖掘并传唱刘度写的"广安县立中学校歌"……这些都在《一船星辉》的第三部分闪耀。

"2023年是我人生的高光时刻，我自问：真的吗？"从作者的人生轨迹可以感知，文学创作对她来说不过是人生的"附加品"，因为她曾经直言过："我是树德中学的一位教师，也取得了高级语文教师的职称——相当于副教授，而且获得过成都市优秀教师、师德先进个人称号。"从本书的第一篇美文就可发现，出自名校名师的作者一生专心于教育事业，直到2016年才正式步入文学创作之路，2018年开始在公开报刊以及线上平台发表文学作品。短短几年之后，作者从母亲的口述以及保存下来的家族档案中被外祖父刘度不平凡的一生所震撼：20世纪20年代曾参加成都最早的马克思主义读书会，青年时代树立了立志报国挽救社会的理想追求，任彭县（现彭州）县长时率领全县政界人士主动配合刘邓潘军队参加彭县起义，为成都和平解放立下了不可磨灭的功劳。

作者满怀激情，创作并两度出版了长篇纪实文学《春心》。细读《春心》，可以发现其文学特点和散文集《一船星辉》有着某种异曲同工之妙：刘度骑着白马来到人间，祖孙两代的灵魂激荡相通，梦里放歌般娓娓拉开了刘度一生波澜起伏的人生帷幕。这种浪漫的叙事方式配上基于历史文献的真实背景，刘度的在天之灵似乎融入了作者的心灵，展现出对当时豪放而又悲怆历史的无穷想象。刘度的生平随着《春心》走进了彭州市两处纪念彭县起义的纪念展馆。作者随着《春心》也迈上了不平常的台阶，不仅成为成都市作协会员、成都武侯区作协理事、小说专委会主任、四川省散文学会会员，而且晋身为中国散文学会会员。

当然，长篇纪实文学和散文的文学体裁毕竟有所不同，由此体现出作者能够掌握不同的创作方式。短短几年光阴，作者始终在梦一般的境界中撑篙破浪，划着满载星辉的宝船，眺望青青的水草高声放歌，汇集成"三部曲"，并分别发表于各种刊物和平台，这就是《一船星辉》出版的由来吧。就此为序。

刘文杰

作者简介：刘文杰系四川省作协会员，中国散文学会会员，四川散文学会会员，四川通俗文艺研究会顾问，中共成都市委党校（成都行政学院）教授，四川师范大学特邀研究员；曾任教于四川大学历史系、档案系，先后担任国家海洋局宣传教育中心文化顾问、电子科技大学中国文化产业发展研究中心常务副主任。出版历史传记《光荣与梦想——中国知青二十五年史》《激扬与蹉跎——知识青年上山下乡运动》《王莽正传》,以及长篇历史小说《大新王莽》。

倾诉时光的诗笺
——写在前面的话

  基于对"存在"的审视,记录是一种特别的美和阅世情绪。燕羽的《一船星辉》经由人生历练之后,结合自己的学识修养,来到了以小见大、精简及物的层面,这种水到渠成的进阶,是有决定性意义的。博尔赫斯说过,散文是诗歌的一种复杂形式。但散文又是最容易走向读者的文体之一,不同于小说,散文很难界定出文法上的规则,从而显示出多样杂糅性。燕羽恰似能在散文创作的惯性中冶炼和提纯,把智性思维融入创作,增加了温暖、宽厚、坚忍与力量,情感饱满、情怀悠悠,然而却又能在颇具张力的叙述中自由通脱、敞开心扉。
  作为一名教师,为什么要写作?或许比起文学的意义,生命意义更大!或许因为写作在疲惫而疾速运转的生活中,挖掘出了被生活所忽视的不断涌动于内心的创作欲与理解生活细节的欲望。我试着想象,步入中年,渐进老年,桃李满天下,半生辛劳,悲欣交集,时不我待,其言也善。或甜或苦,或悔或怨,或无悔无怨,快意人生。非虚构的散文思绪当然不请自来,跃然纸面。当燕羽开始写作,一个相对静止的,可以找到的属于自己的安宁世界从此开辟出来。透过写作,可以挖掘、打捞曾被忽略的经历或者遗忘的事,让它们在散文的书写中重现。由此可见,写作与年龄无关,把写作宽泛化一点,它就可以像河水，时时在流动，鲜活地孕育着创造力。那么《一船星辉》的第一素材，人生阅历，就有了明显的优势。

汪曾祺说：年长者的文体大多比较干净，不卖弄，少做作，但是往往比较枯瘦，不滋润，少才华，这是年长者文章之一病。可是，燕羽的文章却不是如此，她的文字亲切、不涩，恰似一个过来人做心灵的内省和独白。她还敢于直言，清醒地做着美好的梦，梦里充满人性的生机。那些用文字打捞流年碎影的情绪，像说话一样无拘无束，像禅机那样耐人寻味。人类尚存惦念，所以人类有散文，因为散文追忆、缅怀、恋土、伤逝。我坚信，在这种惦念的美好情愫里，是能够接近灵魂的孤独。但这种孤独不是寂寞，而是在宁静的文字里去安顿另一场尘世的喧嚣。也许这就是所谓的"老来尚有疏狂志，干戚犹能舞不休"吧。

细读文本，"世界那么大"旨在冲破个体与地方的固守状态，写出了远眺近观，与尔同行的况味。如此一来，如何去看世界，如何在游览列国后在作品中形成自己的认知，就显得非常重要。既体现出作者的文化积淀，又因融入了自己的生活体验，从而引发出游历文字的魅力和人生体验的价值。这是一种交融，历史文化与个人情结的交融。正是这种交融，显示了燕羽驾驭这种景观或游记题材的能力。"风物细思量"能看出燕羽师承了废名、周作人的笔法，似乎也还有沈从文、汪曾祺的影子。她的小品文情调，使得这一辑作品不再是狭义的风物散文，更多地展露出一位女性独特而充满理性情致的观察与细腻剪裁，其文风裹挟着天府之国的滋润，它们的张力却因为诗性的盘桓，从而得到了和谐的统一。还有一个价值向度在于，将心智挥洒在风物之间，比耗散于人际上也许更有意义，由此构成了燕羽写作的另一个底蕴。"围炉话过往"是追忆人生经历的性情文字，自出机杼，人生与写作密不可分，独一无二的前尘往事，却也生动地揭示了时代的真实、生活的鲜活。每个人的生活都是属于自己的感受，而非属于别人的看法。活着，经历着，成长着，无论经历了什么，都有其独特的价值和意义，总会有属于自己的幸福时刻。燕羽的人生过往，更像是一场绵长而悠远的文艺电影，粗线条的笔墨，并未展开过多抒情细腻的铺排，却兀自带有一种深沉的生命感思，让读者感到，一个人专注于事物的状态，才是她最光芒的一刻。

中国文章，向来主张文与人合一，于是写法就是活法。它是一种生活态度、生活方式、生活环境、生活经验与感受的自然留痕。正是在这个意义上，《一船星辉》是冲破当下意蕴浅薄的功利写作的勇敢尝试，是倾诉时光的诗笺，重建了审美传统的生命底色。所以，本书的付梓印行有望大成，但我一家之言，不足为例，我相信还会有更多的解读。

是为序。

曾兴

2025年3月23日于成都

作者简介：曾兴，文学硕士，青年诗人，诗评家。现有个人作品集《天空上》，诗歌、诗评及学术论文多见于《星星诗刊》《诗选刊》《四川文学》《青年作家》《北方文学》《延安文学》《中国乡土文学》《四川大学报》《现代艺术》等。部分作品被录入《中国诗歌年选》《四川大学自在诗选》《四川诗歌年选》《中国当代短诗鉴赏》等选本。2020年,参与撰写《四川百年新诗选》前言。

目 录

第一辑 世界那么大

王国之旅 …………………………………… 003
太阳原色里的芭蕾 ………………………… 017
呼吸，那亿万年前的分子 ………………… 020
黄石的面纱 ………………………………… 023
我在银河斑斓里放歌 ……………………… 026
金字塔：千年孤坟 向谁话凄凉 ………… 032
甲居春色梨占却 …………………………… 038
燃爆的不只是彩林 ………………………… 042
旷世奇湾 …………………………………… 046
遥远的碧色寨 ……………………………… 050
高荡铜鼓 …………………………………… 055
石门坎高地 ………………………………… 058
人字桥，想说爱你不容易 ………………… 063
阳光的意外 ………………………………… 068
除夕：水鼓与部落 ………………………… 072

第二辑 风物细思量

林盘，你在哪儿 …………………………… 081
给春天盖个章 ……………………………… 086

桃花会 …………………………………………… 090
从望乡台出发 …………………………………… 094
吊脚楼上那碗清汤炸酱面 ……………………… 099
湄潭之恋 ………………………………………… 104
"闻郎江上唱歌声" ……………………………… 108
从云隙光到中秋月 ……………………………… 112
那些"草"儿 …………………………………… 115
银杏的眼泪在飞 ………………………………… 119
今夜，伴玉兰入眠 ……………………………… 123
关心粮食和蔬菜 ………………………………… 127

第三辑 围炉话过往

天空没有翅膀的痕迹 …………………………… 133
我愿做那夕阳的一角 …………………………… 138
我家在那里 ……………………………………… 142
山　居 …………………………………………… 147
回　家 …………………………………………… 152
花溪已沉入海底 ………………………………… 157
他 ………………………………………………… 163
2024年，父亲来过 ……………………………… 167
瞿上花开 ………………………………………… 171
君山行纪实 ……………………………………… 174
广安中学行，如饮一杯咖啡 …………………… 178
走过秋天　走过2023 …………………………… 182
成都12月的天空 ………………………………… 188
"立春"这天 …………………………………… 194

后　记 …………………………………………… 200

第一辑

世界那么大

王国之旅

普罗旺斯

在法国南部，一切都慢慢预热着。

薰衣草，光就这个名字，就值得深深玩味一阵了。薰衣草的香，有人嫌它浓，我曾经也嫌它浓。但当你读到了荷兰画家梵高的故事，英国作家梅尔的故事，你会觉得，这种香是世间珍宝，它在天空与大地间弥漫，将自己紧密包裹。

我们去法国普罗旺斯的时候，看薰衣草的时机还早了些，瞧，薰衣草刚刚泛蓝，稀稀疏疏，但成片成片的气势是有了。于是，自我安慰，虽未大开，场面不够温馨、浪漫，但其豆蔻之美已让我觉得足矣，足矣。同行的一位女教师，为我们设计了一套走向天边的动作。于是，我们在成片成片的薰衣草中的小道上走着，她在后面快速抓拍，完后看照片，效果不错。确实，正因为薰衣草未大开，普罗旺斯的瓦伦索尔村庄除了我们再也没有其他游客。我们这一群人惊扰了小镇的宁静，可能也惊扰了薰衣草蓬勃的梦吧。记得曾经的梵高在普罗旺斯为了画好向日葵，在四十几摄氏度的高温下写生，火红色的头发都被晒枯晒断了。还好，现在是6月，气温正合适，凉爽宜人。普罗旺斯除了大片大片的薰衣草，也有大垄大垄的向日葵，只是它更多地生长在高速路边，人难以近身。

瓦伦索尔村庄，属于英国作家梅尔笔下的吕贝隆山区。我们要去往当地的修道院。导游带着我们随着舒缓的小路往上前行，我们并不觉得累，一会儿就走到了山顶。修道院占领了山区的制高点。在欧洲小镇，教堂之类的往往是最高、最精美的建筑，这和我们中国的寺庙所处的地位应该差不多。修道院大门未锁，厚重的木门被我们一推而入。里面陈设古老，但整洁肃穆，令人生畏。我们悄悄地进，悄悄地出，木质的沉香、砖石的潮湿也被我们悄悄地带走了。

离开修道院，村庄的街道还是空无一人，只有家家户户种植的各色小花和多肉植物传达出普罗旺斯的美丽情调。据说，镇上人都睡午觉去了，守着这漫无边际的薰衣草入眠，闲适、浪漫，真是福中福啊！这也许是我这个酸文人的情怀，真正的普罗旺斯农民靠薰衣草吃饭、修房、生活，他们也许不觉得那些拜倒在薰衣草脚下的诗人、画家有什么了不起，也许只觉得他们对普罗旺斯的精神依恋到了痴迷的地步。时间就这样缓慢地流逝，他们代代传承，就守着这一年收获一次的薰衣草。

梅尔写的《山居岁月》，记录了普罗旺斯的故事。那里有最具阴暗的个性：自私、猥琐、贪婪，当然也有刚毅、柔韧。这里的人若不睡午觉的，中午就聚集在咖啡屋、酒吧外闲坐，一坐也许就是一下午的时光。我们匆匆赶路，一些特殊的外貌在眼前一晃，确实

普罗旺斯薰衣草

就定格下来，久挥不去。那个灰白头发的男人，脸上有斧凿的痕迹，眉峰凝蹙，眼神如炬；那个站在路边的男人，我和老公推算他大概有七十多岁了，身穿背带裤套衬衣，再配一双尖头皮鞋，一直侧着脸看远处。后来在回城的路上，同行的另一家人抱怨瓦伦索尔那家餐馆宰客，他们被宰出了"血"。梅尔所写的人物和环境，就这样被我们初步领略了，只是他反复提到的普罗旺斯松露，没有品尝到。

今生的希冀，就在于能去美丽的世界走走。南法的预热已超出了我的期待范围，普罗旺斯掀起了第一个高潮。

巴塞罗那

以前在地理课本上研学的比利牛斯山，今天终于远观、近看、穿越它了。这是一种幸福，曾经的遥不可及，现在近在咫尺。我们处于伊比利亚半岛，从法国南部穿越比利牛斯山就到西班牙了。

巴塞罗那的老哥特区，成了我们的第一站。

主教堂头顶一束巨大的火焰，想象中，扭动的红色聚成了它的尖顶。教堂外面的广场容纳了来自世界各地的众多游客，大多坐在树荫下休息，唯有我们这群黄皮肤的中国人拿起相机、手机使劲儿拍照，当然，有一些白人也如此。弹吉他卖唱的黑人非常投入，仿佛沉浸在音乐世界中。一位白人老妇，看样子像是混血血统，边弹电子琴，边忘情地唱着，其扩音器的电音伴奏将她洪亮的歌喉衬托出来。这时，你可能会觉得她穿的橘色无领短袖简直美丽无边。艺术人才在老哥特区随处可见，令人觉得高端得无法消受。远古的历史又来碰撞你，轻轻一抬腿，就步入古罗马时代。导游快速而准确地把我们带到凯撒干儿子奥古斯都（原名屋大维）统治时代的罗马柱前，两千多年前的罗马柱,锈蚀斑驳,但柱体柱墩还可辨认。空气凝重了,大家在石柱前默不作声,久久凭吊。这是大家与历史的对接,给予短暂生命的告慰。过了一会儿,大家冲破凝重,在老哥特区徜徉,我发现哥伦布向女王伊莎贝尔汇报航海发现的王宫还在,它的扇形楼梯将我们一个个托举着,大家在哥伦布走过的石梯上走过。老哥特区的街道两边矗立的高墙,狭窄的小路,发黑的砖石,蛛网路上一线的天空。罗马人占领过,西哥特人占领过,摩尔人占领过,他们都在原有建筑的基础上融入了自己的文化、建筑元素。断头骑士来要钱了,白面女尸来要钱了,走在这座砖石发黑的狭窄的老城里,在惊恐、压抑中,仿佛回到了中世纪。

在这里,不得不谈到西班牙另外一座古城托莱多。我们的旅游线路只安排了托莱多,没有安排老哥特区,老哥特区属于自费。但是,多看一个,何乐不为呢?其实,看了托莱多,你会觉得,它与老哥特区有很多相似之处,当然也有一些不同。相似在于它们都被罗马人、摩尔人占领过,犹太教、天主教、伊斯兰教都在这两座古城的建筑方面留下过痕迹。城市布局也大同小异,且都有过街天桥屋,便于主教从这里走去教堂传教。不同之处在于,托莱多古城要大得多,三面环水,历来就是兵家必争之地。尤其是环绕它的塔霍河,一直流到葡萄牙,最终汇入大西洋。今天的它不再清澈,不过能托起一座两千多年前且今天还在正常运转的古城而不干涸,已经相当厉害了。而我们唐朝时期的成都锦江能托起帆船"烟花三月下扬州",现在也早已成为典故。导游将我们带到托莱多对面的山上俯瞰古城全景,真是一幅天工之作啊!蓝天白云在人类诞生之前就已存在,而两千多年前的人类就在这里打造、修建,一代又一代,走出去,又走回来,靠自己的一门小手艺吃饭,缓慢而精致地发展着。现在托莱多街道上有镶金技术的人，还在一锤一锤地敲击着，虽然有促销的意味，但这种真实存在的手艺活儿使你觉得，人类就是从手工走向机械，从蒙昧走向文明，不急不躁，手工修建了这座城，又不断完善这座城。远远望去，托莱多就是在岩石上垒起的一座文明的高峰。与老哥特区深色基调的建筑风格不同，托莱多古城的主体颜色为蜂蜜色，比较明快柔和。这里没有什么搞演艺的，游客较多，商铺较多，疯耍的年轻人也较多。比如一群人庆祝一个帅哥脱单的派对就疯狂到极点，差点儿把我们这些游客全部卷入。我幸好犹豫了一下，一名印度游客就被拉进去了，参与其中，又唱又跳又闹。这群活泼的年轻人把古老的托莱多点燃了。

　　走过这些千年老城，不得不提早在1926年过世的西班牙建筑大师高迪。高迪送给上帝的还未完工的礼物圣家堂，正以天下第一天主教堂的姿态震惊世界。我不是学建筑的，从建筑的角度说不出什么来，但"建筑是凝固的音乐"这句话太适合高迪的作品了。其实，他的作品岂止是凝固的音乐，也是流动的音乐。来西班牙之前，我看了西班牙作家马尔克斯的短篇小说《世上最美的溺水者》，其中写道：居住于海边渔村的人们过着远离人群、面朝大海的生活。大海的风云变幻、潮涨潮落给了他们许多的幻想，以至于从海里漂来的尸首都成了渔民们最美的礼物。他们就这样守着大海生，守着大海死，生命极其短暂，幻想和幻觉主宰了真实的感官。有这种天高海远背景的西班牙，有这种富有幻想的西班牙人，怎么可能不会出现高迪这样想象力极其丰富的建筑怪才呢？所以，他的作品似海浪，似童话和神话，就像流动的音乐，随时吟唱。他拒绝直线，走进他还未完工的圣家堂，目力所及，都是柔和而生动的，没有罗马建筑和西哥特建筑的古板和凝重，有一些伊斯兰马蹄型建筑的影子，但没有伊斯兰石雕、砖雕的细腻，而是在粗放和随意中可觅其精美。整体感觉高迪的作品，是冲破了许多牢笼、窠臼的杰作，靠语言已不能把它描述清楚了。同行的一位游客看了高迪的波浪屋感慨地说："这个房子要得啥子哦，不是方方正正的，到处歪歪扭扭，咋个用嘛。要是在我们中国，根本不要他修，搞耍儿嗦。"这番话引起了大家的思考，是啊，我们怎么没有这样怪才级建筑大师和怪异的杰作呢？也许是因为欧洲资本主义奉行私有财产神圣不可侵犯！高迪的波浪屋是为私人老板定制的，他的流动的音乐才得以凝固下来。他的圣家堂是送给上帝的礼物，在盛行宗教的欧洲，谁会阻拦这个礼物的修建呢？更何况是高迪自己出钱，教会出钱，民间出钱，政府是推崇的。高迪的这些作品都已被列入世界物质文化遗产，它们的确是对人类建筑方面的贡献。

西班牙旅游高潮迭起，而圣家堂掀起了巨浪。2026年后，我准备重游圣家堂，因为预计那时它将完工。

马德里　塞戈维亚

汽车一驶进马德里，就感觉不一般。作为西班牙首都，城市中心建筑古典而明快，看不到高楼。市政大楼外墙上拉出一条巨大的白底黑字横幅：欢迎难民！叙利亚战火纷飞，难民大量拥入欧洲，而西欧是他们的首选地。这样的横幅，不管怎么说，对于难民是一根救命稻草，对于我们游客也是一种温暖。我们的车被红灯拦下了，结果看到一个快乐无比的年轻人。开头我们还以为他精神有问题，因为他在我们汽车前面的人行道上手舞足蹈，摆各种造型，全车的人看了都笑起来说，疯子疯子。结果绿灯一亮，他迅速跑过街与先过街的一群伙伴会合，正常地说笑，车上的人才又说，他不是疯子，就是太高兴了。

在距离马德里八十公里的地方，有一座西班牙最古老的城市，名叫塞戈维亚。塞戈维亚大水渠堪称世界杰作。美国作家林达看了这条水渠说："花两千美元到西班牙一游并欣赏了这个大水渠，太值了！"那天，我们很早就从旅店出发前往塞戈维亚，朝霞满天，天气凉爽。快到了，远远就望见两层拱券建筑立在瓦蓝的天空下，像两层拱形镜框，明洁的蓝天就是特殊的镜面。这幢古罗马时代的建筑，距今有两千多年了，建筑主体巍然屹立，石块有一些风化。这种并没有发黑的巨大石块是一层一层堆上去的，就是说，石块与石块之间没有任何黏合剂。中国的古代建筑还要用糯米灰浆来黏合，而这座古罗马建筑什么黏合剂也没用，居然几千年岿然不动，叹服！想起我们的都江堰，它建成距今也有两千多年了，一直惠泽后代到紫坪铺水库修起之前。成都在两千多年以前年年闹水灾，自从李冰父子开凿都江堰以后，成都就成了风调雨顺、五谷丰登的天府之国。只要是用疏导的理念，用生态的办法来治理水患的工程，往往都是经久不衰的杰作，无论是东方还是西方。我为这些人类的杰作而骄傲。而这条塞戈维亚大水渠不是用来治理水患的，而是给附近城镇送水的渡槽。渡槽送水是按照百分之一的比例向下倾斜，其中用到了数学、物理等多种知识和原理。中国的都江堰讲究天人合一，在不破坏环境和生态的情况下治理水患；塞戈维亚大水渠讲究顺应自然的人为的打造，善用科学的计算，巧妙的手工。这也许是东西方人思维方式的不同：西方喜欢现实和科学，东方喜欢自然和禅意。

眼中的黑色雨燕在大水渠镜面上翻飞、穿越、鸣叫，轻盈无比，快乐无边。停留的脚步总是匆匆，为了看得更多，我们驱车前往同样在塞戈维亚、具有童话般建筑色彩的白雪公主城堡。

德国的新天鹅城堡也好，美国的迪士尼城堡也好，其外部造型都源自塞戈维亚古卡斯提尔城堡。这座城堡建于欧洲中世纪，后遇战火，19世纪重建。远远望去，这座城堡建在欧洲万顷良田之上。你试着从城堡里面任何一个窗口望出去，都可以看到半片蓝天、半片牧场或农田。选用当地石材筑成的城堡外墙以米黄色为基调，灰色的金属片砌成的圆形尖顶，小巧玲珑，线条柔和。整个建筑兀立在广袤的原野上，像一座海市蜃楼，更像一个美丽的童话，激起人无穷的幻想。

一进去，就看到一幅巨型油画，西班牙前身古卡斯提尔王国的公主伊莎贝尔身着一袭白纱，优雅冷峻地站在画面中央。她在这座城堡与阿拉贡王国的王子裴迪南一世度蜜月。伊莎贝尔与裴迪南真心相爱、结合，度完蜜月，后来又到马德里主政，建立了统一的西班牙。我们在城堡粗略转了一转，这里比较朴拙、简陋，远没有英国的温莎城堡富丽堂皇。城堡里也有一些蜡像、雕塑和兵器，一些雕工细腻的大型家具，深红色的厚重帐幔等。城堡外的城池又深又暗，抵御外敌的功效是不言而喻的。参观出来再回望城堡，还是那样的梦幻迷离。

后来，在马德里王宫参观时，见到了伊莎贝尔和裴迪南的雕像。伊莎贝尔手持首饰盒正准备交给哥伦布，支持他去寻找所谓的东方国度。哥伦布这一走，发现了新大陆，凯旋时，也将大批黄金财宝带回西班牙，西班牙从此成为海上强国，殖民强国。这时，脑海里又出现了电影《哥伦布传1492》里哥伦布在风雨交加的海上披头散发驾驶航船的情境。那种强悍、无惧的表情，也许是一个民族，一种文化，在特定时代下才有的。西班牙的强悍，实际上在保留至今的斗牛运动中就可见一斑。本来想在这里写一写我们在塞戈维亚看到的斗牛表演，主斗牛士受了伤，命悬一线。但因上周末的新闻：西班牙斗牛士在斗牛场上当场毙命。看其图片的惨状，再联想我曾看到的情景，那种血腥味实在抹不去，所以不愿再写。尽管斗牛是西班牙贵族的竞技，是一种勇士精神的象征，但我在这里只想说，拥有斗牛这种运动的民族，是好斗的民族，其在宫廷的争斗和世界的争斗中的亡命和惨烈是可以想象的，也是无法想象的。

科尔多瓦、塞维利亚

一路向南，来到了古城科尔多瓦。这里，天气炎热，是我们这趟旅行中最热的一个地方。又坐了三四个小时的车，人在脱水发蔫儿的时候来到了科尔多瓦大清真寺门口，哇，一股异域之风吹来。我们在西班牙的其他城市看多了罗马、哥特、拜占庭、巴洛克、洛可可等建筑形式，脑海中对西班牙的城市印象已基本定格了。突然，在你兴趣索然、舟车劳顿的时候，一股阿拉伯之风吹来，怎能让人不尖叫？不兴奋？导游顺势一问："值吧？"大家答："值了！"大清真寺建于公元711年，是北非的摩尔人跨越直布罗陀海峡，来到伊比利亚半岛上修建的。寺外，黄色的石块粗放地堆砌，布局构造大气磅礴。虽石块风化较严重，但昔日的鼎盛可以想象。躲在高墙的阴凉处，顺势向前，来到清真寺外茂密的橘园。科尔多瓦街上有好多这种观赏橘，没有人采摘，自由地挂果，自由地落下，它的存在就是供人观赏和做肥料，当然也有个别地方的人将它摘下做果酱。而我们所在的橘园，树叶浓绿、肥美，橘子刚挂小果，大小与我家里种的差不多。据说，伊斯兰教徒们就喜欢在这橘树下讲经论道。这里的确是个好地方，因为不管气温有多高，从浓密的橘树只穿过点点的阳光，凉风阵阵，橘树清香，讲经论道，头脑清晰。

大家鱼贯进入清真寺内，眼前所见，远比寺外细致精美。

到处是马蹄形拱柱,就像千万匹马站在那里,一动不动,任由我们在它的细腿下自由穿梭。据说,该寺内有八百多根这样的柱子,这细密的布局,才得以撑起清真寺内拱形的穹顶。游客不是很多,里面的阴凉令人觉得好像到了地下溶洞。可以想象,虔诚的教徒在这冬暖夏凉、修建精美的地方修行,也是一种境界。来到寺内中心布道区,以红色大理石为主的雕刻粗放厚重,庄重威严。这些大理石就取材于科尔多瓦,还有一些其他颜色的大理石,它们作为装饰材料被奢侈地使用在寺内各处,经过千万人的摩挲,已包浆、油润了。在中心布道区坐一坐,高大的空间,渺小的个体,你会觉得自己微不足道,需要各种内心的清理。

离开清真寺,才发现我们已是末班参观者了。燃烧的夕阳朗照着它大气、沧桑的外围,我们悄悄地融入它外面蛛网般的小路,生怕再次打扰了它的宁静和古老。

百花巷,这个普通的名字,在沧桑的科尔多瓦却显得异常美丽,因为它是城市版的地中海风情。我们从法国一路向南,在巴塞罗那附近的锡切斯小渔村玩过海,那里是一座自由的渔村。走街串巷,白色的、米黄色的小洋楼居多,阳台上鲜花垂挂,浅色外墙鲜花点缀,这与摩纳哥的街道风格差不多,只是摩纳哥街上的栋栋小洋楼更显得富丽精美。后来再向南,我们到过也属于西班牙的塞维利亚附近的米哈斯白色小镇。白色小镇最符合地中海风情。试想:碧蓝的大海和蓝天,中间飘着一层梦幻的水汽,坐在海边起伏的山上,远观海天一色,俯瞰白色民居,头顶的树荫哗哗作响,身后的山洞教堂(米哈斯小教堂修在山洞里,里面鲜花簇拥,异型的布局和规则的长凳相映成趣,颇有味道)钟声清越,各种上山的小路被白色的民居夹道,沿路的墙上高高低低挂满鲜花。那是怎样一种随意而闲适的生活啊，陶渊明追求的归隐有没有米哈斯人生活得自然、随性、宜人呢？苏轼说："不可居无竹。"这趟地中海旅游下来，我得出的结论是：居不可无海。中国的禅意，对于身在其中的我来说还是太深奥，而碧海蓝天的舒适宜人，也许更适合我这个浅薄之人。经过这一番比较，在科尔多瓦百花巷虽看不见海，人们深居内陆，但起伏的小巷，白色、米色的洋房鳞次栉比，宁静、幽邃，各色鲜花就在小巷的墙上整齐地排开，悬挂。一个人在里面穿梭，再把刚看过的大清真寺在记忆里放送，时空的碰撞，冷暖的切换，送走代代生命的大殿与鲜花怒放时的小巷对比，我发现人真的需要自由和快乐、远行和回归。这个年年5月举办庭院节的百花巷，就这样鲜花般地盛开着。

最神圣、兴奋的时刻来了。这次旅行，主要是冲着吉他名曲《阿尔汉布拉宫的回忆》去的。我不会弹吉他，但吉他声音的圆润、跳跃，令人陶醉。古典的曲子，用在这种古老乐器来表现，特别适合，特别恰当。一个建于西方的具有东方魅力的王国的兴衰，用西洋吉他曲来表达，古典、浪漫、飘逸、梦幻，同时又有"嘈嘈切切错杂弹，大珠小珠落玉盘"的清脆，实在妙不可言。在去阿尔汉布拉宫的路上，导游就给我们放了这首曲子。其实，在来之前就反复听过，但当目的地就在眼前时，重温这支曲子，窗外的橄榄树、葡萄园、草场、农田只是快速移去，悲从中来。

阿尔汉布拉宫是欧洲中世纪时，摩尔人建立的格拉纳达王国的王宫。它是在科尔多瓦大清真寺的修建方面的又一次超越，大清真寺要早它七百年左右。早上10点刚过，我们就到了那里，天还没有开始热。一下车，我们就进入绿色快速通道，看到那些排队入门的自由旅行者，心中有些得意。这种从绿色快速通道进去参观的好事，我在十多年前去美国环球影视中心游玩时遇到过。很奇怪的是,一进入该王宫所在区域,人就特别神清气爽,鼻腔里灌满花草之香。问导游,他也不知道这是什么花香。王宫外围花园植被很好,高低井然,依着山势生长、铺成。而脚踏的小路上就只有我们这个团队,等我们参观完出去的时候,看到大量的欧洲游客拥来,我们又一次庆幸参观的时间把握得太好。

穿过摩尔人的芳香花园,走过曲曲折折的回廊,终于来到一座有东方韵味的小门前。小门上方琉璃瓦似的屋檐,有点儿我们成都宽巷子的味道。进得门去,就全然不同了。似景泰蓝一样的瓷砖铺砌在墙裙的位置,整个墙面以米黄色的大块砖石为主,感觉有点儿像砂石,但应该也是当地的某种大理石吧。墙面的雕刻之细腻,之生动,世间少有。遵循《可兰经》的原则,伊斯兰教的雕塑是不能涉及人和动物的,因此,墙面的雕刻以花卉为主,是花卉的叠加和重复。我仔细观察植物的两片叶子,右边的叶片要比左边的雕得宽一点儿,也许在雕右边叶片的时候,工匠的心情较舒朗吧。除了精美的墙,更多的是雕刻繁复的各种各样的门和窗。门和窗的上方都有一个马蹄形拱圈,拱圈的圈口都包了一条雕工细密的边,好像女子裙边的流苏,极具韵味。

最值得一提的是,狮子庭院和桃金娘庭院。狮子庭院因园中十二座石狮托起一泓喷水池而得名。前面提到伊斯兰教拒绝雕刻人和动物,这著名的大殿为什么有石狮呢?至今是个谜。据说,在摩尔时代这座庭院里曾经有过惨烈的宫廷血腥,而现在呈现给我们的只剩下优雅精致、浪漫富庶了。庭院四周是一圈回廊,称为券廊。靠近庭院那一面都是精美的马蹄形拱券及支撑它的细细的柱子,这和科尔多瓦大清真寺的造型一致,只是这里的券廊更小巧,雕刻更精美,颜色以蜂蜜色为主,明快而充满喜悦。从各个窗口望出去都是一幅画，映着蓝天和绿树。而从券廊的马蹄形柱头望出去，更是摄下了对面的庭院和宫殿，没有几何学、透视学知识，如此巧妙的建筑布局令我难以想象。桃金娘庭院，这个名字好美哦。它不是人名，而是这座庭院中种植了两排修剪整齐的桃金娘树而得名。两排桃金娘树中间夹了一方长方形的水池，水池两头是富丽的宫殿。正好，走来一对新人，新娘子黑发、高鼻、深眼，是不是摩尔人的后裔啊？只见她在墙裙的瓷砖前面的椅子上一坐，洁白的婚纱就映出万种风情。

格拉纳达摩尔人是西班牙国土上最后的投降者，从此伊斯兰教被驱逐，基督教、天主教在西班牙全面覆盖。一个王国的繁盛和兴衰总是让人生出无端的愁绪，想起中国古代多愁善感的诗人李煜的诗："春花秋月何时了？往事知多少，小楼昨夜又东风，故国不堪回首月明中。雕栏玉砌应犹在，只是朱颜改。问君能有几多愁？恰似一江春水向东流。"南唐李后主没有给我们留下类似阿尔汉布拉宫的雕栏玉砌，但凄美的诗句也令人回忆、向往、同情、失落、恐惧、庆幸。是啊，"是非成败转头空，青山依旧在，几度夕阳红"，耳边再度响起吉他名曲《阿尔汉布拉宫的回忆》，意犹未尽。

当天晚上，又在塞维利亚剧院欣赏了西班牙国粹：弗拉明戈。演出一开始，吉他手又弹起了《阿尔汉布拉宫的回忆》，接着就是美女帅哥们愁容满面的即兴表演。脚下的踢踏舞步铿锵有力，上肢的舞动朴拙优美，后面是两名阿拉伯大胡子忧郁的哼唱。白天的参观与晚上的表演结合起来，感觉在西班牙，一个王国的衰败被永恒地吟唱着。我们以为只有遥远的古代才有战争和不安。其实，宏观的世界，宏观的人类，时时刻刻都在旋转，如果你恰好遇到战争，那是你的不幸；如果你恰好遇到和平，那是你的幸运。追求和平，那是人们的一个美好的愿望。

葡萄牙罗卡角

这趟美好而开心的旅行要结束了，结束之前，再送上一份礼物：欧亚大陆最南端——葡萄牙罗卡角。去过英国的温德米尔湖和巨人堤，据说，那都是世界五十个必去的地方。罗卡角也被视为世界五十个必去的地方，这令我心生向往。

除了温德米尔湖，去巨人堤和罗卡角的时间都不好。去巨人堤时，刚下过雨，地湿天昏。而今天去罗卡角，却遇云层厚实，雾气升腾，令人万般失望。因为这样的天气，目力极差，天地间混沌一片。那块碑上写着的诗句还可辨认："陆地止于此，大海始于斯。"这是葡萄牙人的诗句。海上强国葡萄牙人以为这里就是天涯海角，结果海的那边有北非，还有北美。此时，脚下的罗卡角壁立千仞，阴森恐怖。据说，经常有游客为了摆造型失足掉入海里，想起脚都发软。岩石边的肉肉植物充满柔情，让你又觉得罗卡角友好而和善。由于岩石下面地势复杂，海水回环冲击，"水石相搏，声如洪钟"，听后令人不寒而栗。很浓的雾气由远而近，站在悬崖边，仿佛要被它卷走、吞掉。于是想起并化用柳宗元的文句：以其境过险，不可久居，乃挥袖而去。

罗卡角的游玩就这样结束了，心中充盈一股英雄气：敢于登上这里俯瞰，也许是真正的英雄之举。

结束语

西南欧之行完美收官，我用脚步丈量世界，用思想贯通古今。

太阳原色里的芭蕾

大巴在美国科罗拉多高原一条平坦的、荒凉的、干燥的公路上行驶,掠过眼帘的是一丛丛生命力极强的骆驼草。看不见飞鸟,偶尔的平屋表明生命艰难地存在。通天之路直直地抛向天边,舒适的大巴抑制了我对恶劣环境该有的想象。

需要美景,寻找美景,这是生命的终极。当然,比起探索发现美景的真正的旅行家来说,我们观察、享受美景未免显得太轻松和甜腻了,在几乎是零风险的畅游中,只不过来一段心灵的冲击、喜悦、沉淀、静默罢了。

但不管怎么说,我们的渺小,足以衬托自然的法力无边,巧夺天工。羚羊峡,今生有缘,让我在戈壁沙漠的地下隧道与你有了令人兴奋尖叫的疯狂相遇。几十年过着平凡生活的我,在这里仿佛有资格登上芭蕾舞台,踮起尖尖脚,像羚羊一样,在狭窄的缝隙里时而小跑,时而跳跃,还带着一双惊疑的眼睛东瞅瞅,西看看。在这里留下令人艳羡的照片,更给自己留下难以言表的生命体验。

美国亚利桑那州印第安人保护区在一片贫瘠的土地上,当细沙随时被风扬起,钻进你的眼睛、鼻孔、嘴里的时候,你就快到羚羊峡了(羚羊峡因羚羊喜爱在里面纳凉而得名)。当地印第安导游长得像亚洲人,只是体型比大多数亚洲人更健硕。

也许传说殷商时期有一些亚洲人迁移到了北美的说法确有其事。

随印第安导游顺铁梯下得谷底。中午时分,阳光朗照,这恰到好处的光线,让你在狭窄的红砂石缝隙里,捕捉到了太阳的原色。雨后的彩虹挂在天边,一层一层,可以数出七彩之色,但那是一种不能触碰的虚幻。而穿着芭蕾舞鞋在羚羊峡谷里的穿行,却不是一种虚幻,是实实在在地走进太阳的原色,在没有被高温熔化的情况下,可以与生命体以外的自然握手言欢的凉爽处所。

这由暴雨、洪水、狂风塑造的羚羊峡,在没有水和风打扰的静止的正午,显出几种颜色,赤橙黄绿青蓝紫,唯一没有看到的是绿。魔幻的色彩,瞬息万变,睁大羚羊般惊疑的眼睛:玫瑰花从谷底高高地伸向天空,缩头乌龟伸出短脖,好像在听

羚羊峡

游人交谈，穿和服的外国女子向我们问好，东方睡美人飘逸的长发，两只接吻的羚羊沉醉在自己的世界，大眼羚羊多情而忧郁的眼神，飘扬、飞卷的各色纱巾等，真是百口也说不完羚羊峡的美丽，百手也指不完羚羊峡的惊艳。

不到两百米的狭窄通道，我们走了很久，宽大的地方很少，大多需要低头弯腰前行，有时还仅容一人通过。据说，印第安原住民喜欢在这里闭目冥思，意欲与神灵沟通。今天这些络绎不绝的游人早就打搅了他们古朴、原始及心灵平和的生命状态。他们的表情还有些冷漠、固执，他们的身体看上去还能与动物搏斗，他们的男子还梳着青黑色马尾，但他们仿佛也嗅到了来自繁华都市的人们身上散发出的各种香水味、酒精味、香烟味，从而张开了遐想的翅膀。

羚羊峡，今生来过，不再想寻找什么美景，也许也不再有什么美景可寻。只想停留在虚幻的太阳原色中，觅得虚幻世界的一丝踪影。

呼吸，那亿万年前的分子

站在美西科罗拉多大峡谷边沿，做一次深呼吸，因为仅有的化学知识让我知道，那些微小的分子会滞留在空气里，久久不散。这几十亿年前就从海底隆起形成的桌面高原，被一条巨龙般的科罗拉多河撞开、切割，形成今天我们所看见的大峡谷模样。呼吸，吐故纳新，总有一口空气融合了几十亿年前的分子，让我沉淀一种也许沉淀不了的历史厚重感。再说脚下的土地，坚硬的岩石上有风化的刀痕，有散落的碎石，也有荒寂的土壤和它承载的野生的骆驼草、箭兰，不知名的古树及被风雪雷电折断的苍凉的树枝。这可是几十亿年前的存在啊！立于高原之上，峡谷之边，我的心中除了充盈着壮美和震撼之外，还有懦弱与胆寒。试着亮开喉咙唱两句，意欲唤醒崖边的驯鹿，河里的游鱼，林中的小鸟，但百鸟朝凤，动物齐集的场面并没有出现，只有"树欲静而风不止"。

广义的科罗拉多大峡谷，包括羚羊峡、布莱斯峡、马蹄湾和科罗拉多峡，狭义的科罗拉多大峡谷就只指科罗拉多峡。

走过具有女性般阴柔美的羚羊峡，布莱斯峡谷如一幅展开的卷轴，集中而饱满地将亿万年前的地貌呈现于眼前。所有经过它的人不得不惊呼。试想，若是失明者走来，可能都会兴奋地开眼。传说五千多年前，在科罗拉多大峡谷的一些崖边洞穴住着一群体型高大的人。他们与大自然相克相生，突然有一天却集体消失了，生活、生产用具该咋放还咋放，纹丝未变。这群高大的人都到哪儿去了呢？我猜测可能来到了布莱斯大峡谷。因为这里城堡、小镇比比皆是，街道沟渠纵横密布，三五结伴的人群或独立行走的人儿悠闲而淡定。肯定是他们，科罗拉多大峡谷的奇险让他们厌倦，或许是一阵风，一片云，把他们齐刷刷地卷到了这里，于是他们爱上了这里，定居下来，世代繁衍。最美的生活画卷定格为眼前的天然雕塑，我看到了发髻隆起的美丽女子，看到了在戈壁上走困了的骆驼蹲下来休息，还看到了貌似教堂的尖塔。

马蹄湾，发源于落基山脉，科罗拉多河在这里转了一个旷世奇美的大弯。褐色的山石旁碧玉般的河水平静地流淌，没有波澜，没有洪流，像外星人扔下的一幅画，在高山上俯瞰，可

布莱斯峡

望却永不可即。它险峻陡峭,不知道该怎么欣赏它。站着往下看的人,吓得脚杷(四川方言,软)手软;像游击队员一样匍匐向前,然后将头伸出悬崖慢慢欣赏的人,应是将胆怯降到了最低点;而匍匐前进到一定的悬崖边沿后,缓缓站起再坐下,将腿悬空的勇士,对他们来说,欣赏水湾已是次要的了,他们故作镇定,摆出各种姿势,一切都为了那难忘而美好的瞬间。

游玩科罗拉多大峡谷,除了站在它的土地上深呼吸外,坐上美国退役军人驾驶的小型直升机,"五花大绑"般地游历观赏,那才叫摧毁你心灵平静的"受刑式"游玩。驾驶员可以大幅度升降和旋转,但他只小小地倾斜一下拐弯的角度,我们这些胆小的就已经头晕目眩了。于是,他平稳地飞行,我们才平和许多,才能与这片两千多平方公里,平均深度超过一千五百米的大峡谷的某一角几乎零距离接触。热泪盈眶,地球的杰作科罗拉多大峡谷,红色的、褐色的,像桌面一样方正的厚重的巨大山石,就在飞机下面凝固着,永恒着。我疑心自己来到了无人企及的外太空,我将所有的衣食住行,柴米油盐之事都抛在了脑后。眼泪怎么会不冲天而出呢?科罗拉多河仍然像一条长龙在山崖间穿行,颇有"兵来将挡,水来土掩"的气势,一路向前。可以洗去人类身上污浊的柔软而清澈的水,可以轻轻松松将人类轧压的山,在这里演绎着柔与刚,刚与柔最自然而本真地切换。

凡胎肉身坐在直升机上只能勉强叫飞翔,而真正的苍鹰在科罗拉多上空盘旋,敏锐的眼睛四处寻找猎物,那才是没有人类惊扰的真正的飞翔。

黄石的面纱

以为黄石不会主动找上我的记忆，结果这天下第一也是最大的国家公园却追随我来了，来了就是一番刻骨铭心，来了就是一段令我难以消化的秀色盛宴。

1872年，美国黄石公园建成。它的主要理念是建成时是啥模样，其子子孙孙看到的就是啥模样，也就是说不开发，不破坏，让动植物自生自灭。动物尸体等任蚊虫叮咬，细菌吞噬；朽烂树木任由风吹雨打，横七竖八。里面的一草一木，一花一石，任何人不能搬动或拿走。这样一来，今天看到的美国黄石公园就相当于是我们清朝时黄石公园建成的模样，只不过动植物们更迭换代，山也许高了一些，水也许长了一些。

下得汽车，只见不远处涌动的人潮，幻化成小小的一团。在被青山松林围着的一大片盆底，乳白色的烟雾缓缓蒸腾，扭动成各种形状，无休无止，而人潮在人为建造的木栈道上穿过盆底中央部分，脚底的热气向上弥漫，难以久留。两边的地热泉眼流淌出铁锈红、果绿、咖啡色等泪水，不知是不是在庆幸离开了地下，来到了人间？

离开大盆底，步行约两公里，为了那天地间最美的牵牛花开。一路上野牛成群，湿地密布，小河弯弯，热气袅袅，枯木成趣。停留、驻足，一步三赞叹。据说，黄石最美的图片在这里出现了：远处有青山，近处有河流和地热蒸气，前面还有一头埋头吃草的美洲野牛。这与中国的"牧牛图"颇为相似，只不过，黄石是原生态的野性十足，而我们是骑在驯化的牛背上吹一支横笛的家和万事兴。快到了，身后丰沛的河流上滚过刚刚喷出的地热蒸气。终于到了，呈现于我眼前的是任何美术家都想象不出，也调不出的色彩烂漫。硕大的一朵牵牛花盛开在热滚滚、到处是气孔的地面，中间花蕊是玉石也无法表达的翠，越到四周，颜色越浅，花的边缘完全是黄色的翡。这一朵貌似翡翠又超越翡翠的牵牛花，已开了六十多万年了，生活于其间的微生物和细菌根本不与人间的美术家们一般见识，它们来自天堂，要把天堂最美的颜色暂时寄放于人间。我们这群远道而来的参观者们，围着牵牛花跑来跑去，兴奋地议论着。

依依惜别牵牛花，在原路返回的途中，突然听到天地间众人的吼叫声，抬头一看，无论男女老少，无论各种肤色种族的人，都在往前奔跑。这时仿佛有蒸汽火车发出噗噗噗的蒸腾之声，不远处的老忠实温泉准时喷发了（每隔一小时左右喷发一次），洁白的烟柱变幻出仙女下凡的各种身影、姿态，美妙至极。

老忠实冲天鸣响之后，一切又都归入宁静。在弯道优美、静静流淌的黄石河畔，我侧耳聆听大自然万籁俱寂的声音。

在我以为牵牛花已满足了我对天堂美景的渴望，而跨过黄石河再走上一段较长的木质栈道，美得不可思议的大棱镜出现在眼前，诱发并快速满足了我更大的渴望。直径近一百米的这泓黄石公园最大的温泉，我们在木栅栏上与它平视，只看到喷泉中心升腾的热烟热浪，而四周貌似缩小版的中国元阳梯田，由于含色素的微生物的作用，呈现赤橙黄绿青蓝紫等多彩之色，天空的游云又倒映在这面颇似镜子的薄水之上，冰的质感，火的灼烧，动物的蹄印，仿佛还传来脆生生的脚步声，它诱惑出你无穷的想象，遗憾的是，语言和文字在这里早已跌入滚烫的泉眼中心，消逝无踪。

天堂，无福消受的我感觉被孤独地抛于天堂之上。我不认识大盆底，我不认识牵牛花，我不认识大棱镜；我没有看到野牛在地热不远处吃草，我没有看到似羚羊的枯木已修炼成肉身模样……回到现实中来，回到人间来，去撕开黄石诱人的面纱。

我们看到的黄石，只是它百分之一中的一小部分，它的百分之九十九（总面积约九千平方公里）还躲在天堂里。听说麋鹿出没的黄石湖，就是这天堂的推手。长三十多公里，宽二十多公里的黄石湖的下面藏着超级火山，不要看它现在美得像天上的瑶池，静得像皇家的花园，六十多万年前它毁天灭地，一冲而出，灾难了人间。今天的美丽在上一个世界就是毁灭，今天的天堂在上一个世界就是地狱。尔后呢？是无休止地轮回，抑或是永远的太平？黄石湖像一只妖媚的蝴蝶，迷惑了我们。其实，它的下面是魍魉的獠牙和魑魅的狰狞。

黄石湖，请将你从黄石河汇来的满池清澈的湖水尽快投入黄石瀑布的激流中，让黄石峡滔天的巨浪消耗你多余的能量，为密西西比河备足浩渺的水源，也再还这个美丽的世界六十万年的平静。

我在银河斑斓里放歌

　　尼罗河，6670公里之世界最长河流，流经非洲东部和北部，最后注入地中海。在埃及人眼中，它是母亲河无疑；在天下人的眼中，它亦是母亲河。因为世界文明的源头在这里，它与古希腊、古罗马文明并列世界三大文明，而它乃三者之首。所以说它是世界文明的母亲河，应该不过分。

　　古埃及人早就发现，天上有一条星河"银河"，而在地球上与之对应的就是他们的尼罗河。不知是他们太聪明，发现了这种对应关系，还是老天眷顾地上的"银河"尼罗河，让人类在这里诞生、繁衍，生生不息。

　　不管你去过多少国家，若没有去过埃及，那不算出过国，也不算有过什么旅游。去过埃及，可以略微得意，但对埃及是否有深入的了解，却不敢夸海口。我去过，首先折服我的就是"银河畅游"。

　　导游说，既然尼罗河之游是银河之旅，那先到天上看看，然后带着超凡脱俗的情怀，在一种圣洁而明快的心境中畅游。

　　清晨5点，我们已在靠岸过夜的邮轮上集合了，没有困意，人的所有能量好像都在这一刻聚集，等待坐上热气球后的总爆发。

　　到了热气球场地，硕大的气球有的躺在地上，有的已加热，充好气，饱满地站了起来。装游客的长方形框子已从卧倒的状态翻了过来，大口朝天，我们就一个接一个跨进这个大口，共八九人。冲起的火苗就在旁边呼呼作响，令人恐惧，但由于空中太冷，恨不得靠它再近一些，恐惧比起寒冷来说退居其次了。看来人到了涉足饥饿、冷暖的关键时刻，体会是很奇怪的。

在热气球上，我们没有恐惧感，心中是无限的满足，这也许就是能量总爆发带来的效应。天上太美了，当美掠夺了你所有的感觉，就只能尽情地享受了。天地间微微发红，看不出太阳要升起来的迹象，但又觉得它马上要跳出来。在粉红的世界里，我们经过一片神庙遗址，坍塌的墙垣，堆积的乱石，它就是著名的门农神殿。只见神殿外两尊高二十米的神像，孤单地矗立在那里，面目全非。据说，是人为和大地震的破坏，使它变得如此荒芜和苍凉。我们站在热气球里巡游世间沧桑，仿佛天上的仙人，带着一种优越感在指点，在评判。那些临时雇来点热气球的打扮凌乱的当地年轻人，在气球上升的那一刻起就消失在我们的视线中，一位高大的穿制服的技术人员跳上了热气球，他熟练地转换方向，把握升降，还用标准的英语给大家讲解。几位游客不断回应着"Yes（是的）"和"嗯哼"，有时，又睁大眼睛问"Why（为什么）"。我们听不懂，但大概猜得到这位驾驶员在说些什么。人间除了这气势宏大、苍凉的神庙，就是广袤的原野、肥沃的土地。整齐而茂密的甘蔗林在粉红和略带雾气的世界里显出朦胧的粉和玉一般的碧。零星的村落和死人城交相辉映，一边是鸡犬之声相闻，一边是永远的沉寂。

放眼四周，别的气球都缓缓升起，我想，我们是不是也该提速了。驾驶员又说了几句英文，然后我们的热气球开始升腾。升腾，升腾，我们好像君临天下，拥有这大好河山。天空告别了粉，开始红起来，越来越红，霞光万丈。乳白色的晨雾诗意地浪漫着，忽东忽西，我们的气球到达了一定的高度，令人惊喜万分。太阳在平原的尽头跳出了一个点，红红的，嫩嫩的；接着快速上升，越来越大，等到它成功地挂上天空的时候，门农神庙后面那座巨大的山脉显现了出来，在朝阳的映照下，光秃秃的没有一棵树、一株草的纯黄色的石灰岩山脉（昨天我们到那里时，好像还有石灰呛鼻的感觉），已是太阳涂抹过的红色山脉了。它就是远古法老和贵族们的陵墓"帝王谷"。蓝天、薄雾、朝阳、红山、神庙、村庄、田野，这就是埃及人所能触及的世界，面对上天，他们一无所知，或知之甚少，帝王谷和神庙应该就是他们与天沟通的中转站。

离开天空，降临世间，椰子树后面的太阳已开始刺眼。

当我们的脚在地上点了一下的时候，朋友说，不要停留久了，赶快到邮轮上去，以保持已拥有的圣洁、明快的心境，畅游"银河"。

吃过邮轮上丰盛的早餐，已是上午10点过了。船开始缓缓启动，从码头倒出来，然后向前。全船的人都兴奋起来，大家从房间走出，有在过道上走来走去的，有准备到酒吧喝一点儿的，更多的人拥向船顶甲板（其实，这只是一艘中型邮轮，乘载的人并不多）。在甲板上找座位坐下喝茶聊天的、睡在躺椅上晒太阳的、三三两两在游泳池边拍照的……几许清静，几多笑声。我们要在船上待两晚上一白天，从此处的卢克索前往阿斯旺，大约有三百多公里。

太阳越来越晃眼，枯水季节的尼罗河竟水量充沛，碧波荡漾，轻柔温顺。我们的邮轮浮在水面，如一叶轻舟匀速前进。驶离河对岸的帝王谷，慢慢地，那座陵墓之山变成一条天际线。渐渐地，只见尼罗河两岸的村庄鳞次栉比，外墙颜色较杂的两层或三层农家房在水边宁静地矗立着。一些裹着头巾的阿拉伯小孩闹闹嚷嚷，东奔西跑，也许放学了，也许根本就没有读书；几个大一点的孩子先是眼巴巴地望着我们的船，然后是大声喊叫"Hello（你好）"。坡度平缓而开阔的岸边，一袭黑衣的阿拉伯蒙面女子，先弯腰在河边取水，接着熟练地将簸箕那么大的银色水罐举上头，不用手扶，一转身，平稳而轻盈地往前走，留给我们一个修长、曼妙的黑袍背影。快12点了，她们重复着日复一日的生活，管你尼罗河上如何千船竞发，她们只管按部就班地过她们的日子。

我们坐在船上的最佳位置，看着河两岸的一切，一杯四川人最爱的飘雪茶端在手上，时不时呷一口，那种滚热的感觉，满口的茉莉花香，增添了在邮轮上的舒适、惬意感，连服务生放在我们小圆桌上的西式下午茶都略显逊色。我想放歌，甲板上只有稀疏的几名旅客，可以放纵，但看着几位闭目养神晒太阳的游客，还是作罢。

再看美丽的尼罗河，河面变得宽阔起来，不远处出现一个巨大的分汊，我们的邮轮向左驶去。岸边已无甚村落和人家，但出现了青青的牧场。牛羊们、马儿们静静地埋头吃草，早已习惯了银河里穿梭的船只和偶

白天的尼罗河

029

尔从邮轮里因兴奋而发出的吼叫。

几近黄昏，我们继续随船前行，如履平地。我仍然在甲板上，任凭太阳的暴晒和热风的吹打。守候，守候这条美丽的银河在夕阳西下时的风情万种。

甲板上的人越来越少了。在埃及，太阳落山，凉风就到。我举起手机，时刻关注着银河里天象的变化，咔嚓咔嚓的捕捉声不绝于耳。

小舢板来了，承载着当地人的货物，或丰收的鱼虾，就这么一只、两只，从我们的邮轮边漂过。艄公大多黝黑、健硕，平稳驾驶舢板，而舢板上的另一人或站或蹲，行动自如。我们互相打着招呼，对我来说，已借此亮开了嗓音。

蓝天开始远去，红霞映红了天空。逆光的落日在咔嚓声中竟定格出日月同辉的奇观。还有一座修长的铁塔，就这样随着船行从落日边上滑进落日，又从落日里缓缓滑出。此时此刻，我有亲临非洲大草原的感觉，视野空阔，碧草连天，还有一轮圆圆的落日。而我们身处的银河与落日在一起，又生出"长河落日圆"的意境，若算上那座铁塔，可以说是：草原孤塔直，长河落日圆。这是尼罗河西边之景，再回头看东边，绵亘的黄色碳岩山脉已被夕阳染得浓墨重彩。

继续欣赏，继续拍照，我活了几十年，第一次看到了夕阳映红的天空里有紫色的元素。赤橙黄绿青蓝紫，阳光的七色在这里层次分明，充满童话和异域色彩。也许在非洲，也许在尼罗河，这是一种常态。而历史极其悠久的埃及，这样的七彩干扰了今人的视线，或许那非洲原野动物和人群竞逐之上的七色光环根本就不是今天才有，它是一种天地融合、生生不息的远古定格，我们只是在这银河般的尼罗河里看到了这幅上千年甚至上万年前徐徐展开的画卷而已。

太阳徐徐西沉，只剩下最后的灿烂。尼罗河边裸露的沙洲上还有不知疲倦啃噬着青草的牛羊，而守候它们的主人在浅浅的水域泊了一只两头尖的木船，这构成了一幅美妙的银河牧牛图。那主人是真实的人，可低头吃草的牛羊应该是神界里某些大神的化身吧，贪吃好玩，天都快黑了，还不回天宫。

甲板上只剩下我们几人了。于是，我情不自禁哼唱起来："寻梦？撑一支长篙，向青草更青处漫溯；满载一船星辉，在星辉斑斓里放歌。"

是啊，如果尼罗河就是天上的银河的话，我们的邮轮的确是满载一船星辉，在这样的星辉中，谁能不放歌？

邮轮餐厅里放起了音乐，我才想起今天是国外的平安夜。于是，我们继续带着圣洁而明快的心境齐刷刷地离开甲板，拥入已是张灯结彩、花团锦簇的餐厅用餐。各种水果，各色糕点，埃及餐、西餐一应俱全，人头攒动，喜气洋洋，而尼罗河那澄澈的水就在这人间的奢华外面静静地流淌。

金字塔：千年孤坟 向谁话凄凉

  胡夫金字塔，写下这个标题，我有些惶恐，自己是不是搞错了，埃及古王国第四王朝第二位法老，大名鼎鼎，不可一世的胡夫及儿孙的三座金字塔，也叫吉萨金字塔，怎么可能凄凉？

  四千多年前，胡夫诞生于第三王朝末代法老之家，如此高贵的出身，注定将是埃及主宰的他，简直与凄凉二字沾不上边。

  二十多岁时，胡夫登基，执政二十三年（目前的说法）。每天，幸运物蜣螂（即屎壳郎）佩戴身边，耀武扬威。他曾远征西奈半岛、努比亚（现埃塞俄比亚）、利比亚，功高盖世，加强了父辈们的中央集权统治。这样的胡夫，说他凄凉，简直是笑话。

  胡夫在世时，为自己建造金字塔陵墓，高一百四十多米，且基座四个边分别朝向正南、正北、正东、正西，若没有狂妄的想象和足够的人力、物力、财力，这是无法完成的。但他完成了，用了近三十年时间。今天，金字塔荣登世界八大奇迹之首。几千年前的胡夫能创造如今还有许多未解之谜的世界奇迹，他才不凄凉呢，他的门前将永世熙来攘往。

  胡夫成了法老后，想永揽大权，长生不老。即或是某一天老了、死了，也要复活，成为天上的神。因此，他在世时就把自己包装成太阳神"拉"，而埃及的众生都是太阳之子。所以，胡夫"神"的地位影响久远，据说，他死后两千多年里，人们仍然热情不减，每年为他祭奠。这样的胡夫的确像神不像人了，关于"凄凉"的话题就此止步吧。

但是，胡夫大人又的确是凄凉的。俗话说，人可以选择自己的生活，却不能选择自己的出身。在凡人眼中，胡夫高贵的出身是幸运的。其实，从某种程度来说，他是不幸的，宫廷的森严，高处的寒冷，父兄之间相互戒备、防范；没有自由，难降民间，恓恓惶惶，尔虞我诈……这样的生活有什么意义呢？也许凡人理解不了"溥天之下，莫非王土；率土之滨，莫非王臣"的境界，吃点儿麻辣烫，走街串个巷，割点儿五花肉，小葱送不送，这是众生每天生活和忧虑的东西。因此，紧贴地平线活着的人与站在金字塔尖神一般的人，过着的是很难沟通的两重天生活。

在埃及，几乎没有关于胡夫的遗物。因为众人仰望的那座最高的金字塔，考古学家并未在里面发现他的木乃伊。他在哪里？至今是个谜（由此，金字塔是谁建造的，众说纷纭，我姑且沿用胡夫一说）。学者们唯一发现的，是他母亲坟里他的一尊拇指般长的小雕像。而埃及纸莎草上面的有关胡夫的记载少之又少。那前面提到他征战南北，创立盛世，而其光鲜背后的痛苦、

金字塔

灾难有谁能知？转战沙场，行走刀尖，在割取对方首级的同时，也随时担心自己的人头落地。也许他并不亲临现场，但那种死亡时殷红的恐惧是排斥不了的。

四千多年前的胡夫登基后就开始大兴土木，修自己的陵墓，这与两千多年前中国的秦始皇颇为相像。难道他们通过气？不得而知。不过至少说明，非洲和亚洲有太多的相似。秦始皇陵远望去就是个植被较丰富的土山包，颇具隐蔽性；胡夫金字塔远望去高耸入云，轮廓分明，每一面几乎都是等边三角形，比较张扬。古埃及人想通过制作木乃伊，让死后的人复活时，能找到生命的载体。而法老胡夫更有过之而无不及，不仅要让自己死后成为木乃伊，还要耗用巨大的人力、物力、财力为自己修砸不烂、摧不垮的陵墓，并在陵墓之内附有咒语。除了不怕死的考古学家，有谁敢进？胡夫意欲借此死后重生，成为天上的神，连三座金字塔的位置都与天上的猎户星座相对应。结果怎样呢？没有长生不老，死了；没有成为天上的神，至今去向不明。

从以上分析看来，文章标题"千年孤坟，向谁话凄凉"是成立的。而我国诗人苏轼的诗化用在这里，也比较接地气，再高高在上、不可一世的国王，也会有凡人的七情六欲，喜怒哀乐，更何况凄凉！

胡夫是凄凉的，但最大的凄凉还不在"高处不胜寒"，不在权力的血腥和变成神的无望，而在他曾拥有的民间。

上午游览了金字塔，下午走进开罗汗哈利利集市，也是中东最大的集市。才不到下午5点，而埃及的12月，此时天已开始黑了。

一下大巴，只见集市前一座巨大的侯赛因清真寺矗立眼前，看上去不算精美，但充满异域情调。天黑的速度较快，一会儿集市四周的灯光就亮了起来。眼前人头攒动，耳边传来一位男声唱的《古兰经》，应该是用高音喇叭放的录音。后来，我们在尼罗河邮轮上，也会时不时地听到从岸边传来的这位男低音唱的《古兰经》。清真寺门口坐了很多人，还有一些站起来正往里走，大多穿着普通，一脸疲惫，表情木讷。后来听导游说，那天正赶上做礼拜，教徒们不光来自开罗，还有来自埃及四面八方的和其他国家的，他们大多很穷，没钱去麦加朝圣，就都拥向这座侯赛因清真寺，权且把它当成麦加，祈福祷告。的确，只见从寺里走出一些人，手里拿着馕，施舍给外面饥饿的教徒。

穿过人群，来到寺前一个小高台上，一位高大、肥硕的中年男子跳了上来，看着我们十来个中国人，一下子从裤兜里抽出一面五星红旗，将它扬起展开，举在我们眼前高声喊道："我爱你，中国！我爱你！"然后快速将旗子收起，把右手放在嘴边做半个喇叭状重复道"我爱你，中国！"看着这位疯狂男子的疯狂举动，我们越过寺前饥饿的眼神，有王者归来的感觉。

我们的队伍解散了，大家一下子就消失在四面八方，融入阿拉伯长袍的人群中。天越来越黑，灯越来越亮。我在汗哈利利集市走街串巷。路窄，两边要么是铺面，要么是摊位，海量的物品琳琅满目，令人眼花缭乱。纪念品居多，还有当地特产：香精和纸莎草。但当听说这里的商品主要来自我国义乌时，兴趣索然了。

走着走着，时不时地感觉后背发麻，回头一看，总有一双异域的眼睛死死地盯着我们，我对老公说："小心。"他说："怕啥，到处是警察。"再回头，又有一双眼睛。回想起来，那种眼神有一些凶险。

一路上，商人们、货郎们看着我们就问："Chinese（中国人）？"我们点头，于是被邀请进店参观、购物，那种热情简直感觉要扒你的皮，以至于到了后来，我根本不敢与商家们的眼光对视。看来，来过这里的国人越来越多，大把大把花钱的也越来越多。在他们眼中，我们仿佛来自一座新崛起的金山、银山里。

在一间卖绿松石的小店前停留，看到八九岁的小店员很可爱，老公摸出一支签字笔送给他，他很开心，并友好地与我们合影。告别天真的孩子，我们有些轻松。转出小巷，主街上店铺内的商人正匍匐着，头触地面，虔诚地祷告。据说，教徒们每天要祷告五次。

这时，集市里的人更多了，戴头巾的阿拉伯妇女在眼前晃动，有说话的，有大笑的，一派繁杂。一辆小轿车竟开到集市里的小巷中来了，驾驶员是一位白人女子，她想在巷内掉头，结果车头差点儿触到路边黑袍女子的后臀。我在旁边惊叫，而周围的人甚至那黑袍女都非常镇定。看来，巷中掉头是常态化的。黑袍女被伙伴拉着让开，白人驾驶员向后倒，后轮打滑，卷起一堆垃圾。最后，她凭熟练的车技还是将自己的坐骑顺利掉头了。

我们继续往集市深处走，走着走着，从后面跟上来两个八九岁的男孩。他们互相搭着对方的肩膀，走到我们面前用中文说："笔，笔。"天啊，肯定是刚才那个小男孩给他们说的，于是尾随而至。有点瘆人，我很不高兴地对他俩说："没有！"并挥手叫他们离开。

不知这个集市有多大，我们不敢再往前乱走了，决定原路返回。

回到侯赛因清真寺，又遇到那位举中国国旗的疯狂者。他邀我们进他的咖啡馆喝点儿，我们欣然接受，给了他二百埃镑，就坐下来喝红茶，喝咖啡。快喝完时，他退了七十埃镑给我，我反复数，总觉得哪里没对，是啊，消费三十埃镑，该退我一百七十埃镑嘛。这时，导游过来了，我正要起身给他说这个事，举国旗的人立即走到我身边，悄无声息退了一百埃镑。原来，在这里消费，退钱找零可以分两次进行，长见识了。

离开汗哈利利集市，夜色正浓，但当地人还没有要走的意思，夜生活才刚刚开始呢。

写到这里，我想起了胡夫。问道："尊敬的胡夫，你看到汗哈利利集市最接地气的生活，感想如何呢？"

他仿佛听到了我的问话，从远处飘来说道："集市商品很丰富，大家你来我往，开心说笑，很好嘛。只是大家怎么都穿长袍，与我们古埃及人不一样，且都在唱我听不懂的经书，他们现在信什么教？我们古埃及人可是信多神教的啊。"

至此，我突然醒了，结果刚才是在车上打了一个盹儿。不过理性地想一想，胡夫的问题正中要害，曾不可一世的法老，今天连修筑金字塔的古埃及人的后裔都看不见了。据说，在埃及他们只是小众，叫科普特人，多信科普特正教。而满地满街走着的都是阿拉伯人，他们与胡夫的金字塔没有丝毫关系。所以，胡夫最大的凄凉应该在这里：王土还在，王臣却不知去了哪儿了。还好，阿拉伯人到埃及后世代繁衍，与金字塔相处融洽，相安无事。

金字塔和它里面的胡夫，有太多的玄机和秘密，让今天的人不认识，不理解，不明白。它要想不凄凉都不容易，这也许正是人们为它着魔的地方。

甲居春色梨占却

　　这个春天,到哪儿去寻觅撩人而神秘的春色呢?

　　我们的都市越来越美,但总觉得缺点儿什么,因为那人工湖和人造湿地毕竟是人工的,大自然的自然之景成了稀缺之物。而都市春天的百花园虽不需要打理太多,自有一派风情万种,但再怎么明艳迷人,也比不过远山远水处天然去雕饰的大地春色。当然,它那里的春色也不是简单的纯自然。它还有丰富的人文内涵和地域文化、民族文化的内涵。它在哪里呢?它就是离成都五百多公里外的地处甘孜州的丹巴县甲居藏寨(甲居乃百户人家之意)。

　　甲居藏寨的春天来了,它来得悄无声息,又来得惊天动地。以白色为主,红黑线条勾勒的庄重的藏寨民居,家家户户的屋顶都像碉楼般棱角分明,还有两支白色的火炬像门柱一样矗立在屋顶的露台边。房屋四周有些空旷,那是去冬凋零的树叶还未续上新叶的景象。春刚到,万物还在悄悄地酝酿着怎样以最美的姿态醒来,为数不多的桃花,在春的天空下急急地卸下粉妆淡彩,让玉雪般的梨花尽展绰约风姿。

　　于是,洁白的梨花仿佛迈着猫步,缓慢而优雅地登上了春天的舞台。它一上台,全场观众先是屏住了呼吸,接着一株一株,一片一片,大家都在细细地欣赏。最后,观众席上掌声雷动，掀起满堂喝彩的狂潮。

"玉容寂寞泪阑干，梨花一枝春带雨。"这传统的意象，的确成了欣赏和抒写娇美的梨花的角度和主题。从大渡河边渐渐向山上垒起的藏寨，星罗棋布，或攒集一起，或独立一处，夏有浓荫蔽日，秋有彩林渲染，唯有初春，在裸露的藏寨民居的房前屋后，洁白的梨花尽情舒展美丽的姿容。它不是因有雨露的点缀才美，而是因灿烂阳光照射下，它似缎似绸般齐刷刷地欢笑，才是它的美啊！在偏远的藏区，在并不富庶的乡村，娇美是让人承受不起的，唯有健硕而充满阳光的梨树，才能在那样的环境下生存，最终带给藏民们春的喜悦和丰收的果实。

当我们驱车进入寨子的时候，那盘旋而上的盘山公路将我们的视野逐步打开。阳光下，雪白的梨树高大、茂盛，在开始返青的山野成了鲜明的主色调。啊，这里没有川西坝子的农人以创收为主而广种梨树的规模，在那样的规模中，梨树都不太高，且行列排布整齐；这里是漫山遍野星星点点，高低错落有致，恰到好处地在藏式民居间摇曳。这是一种原生态，没有几十百来年的代代相传，代代修为，是展示不出这样一幅幅天然而优美的画卷的。这样的美难道不令人窒息吗？

在我们亲近那一棵棵梨树，一片片梨花之前，所居民宿的主人幺哥介绍说，藏民们家家户户种梨树是一种生活习俗和院落种植的需要，并不是追求好看，主要是为了吃雪梨。雪梨的口感细腻，味道香甜，经常吃对身体有好处。其实，从古至今，无论哪里的农人都喜种梨，但当梨花与藏式民居交相辉映时，就别有一番韵味在林间，在山野了。看吧，每家每户在自家院落的不同位置种上梨树，远远望去，这从帕玛群峰向下蔓延的一座座民居形成一座座立体藏寨，旁边的梨花盛开，这场景已成了川西秘境最养眼的亮点了。

其实,幺哥还忽略了一点,也许丹巴的山水最适合雪梨生长吧。否则,他们怎么会世世代代以雪白的梨花和香甜的梨子为荣呢？能让雪梨生长的地域绝不是普通而凡俗之地,若不是人间仙境,至少也是人间胜景吧。

幺哥属嘉绒藏族,他位于山腰的住房乃祖上留下,距今已六十多年。他说,寨子里的百年老宅比比皆是,他们家的算不了什么。他信奉本波教,说寺庙在山顶,他们常去诵经。周六晨起后,在雪白而养眼的梨花间,确实有寺庙的钟磬之声从远处飘来,忽高忽低,忽长忽短,而幺哥早已不知去向,只有他老婆留下为我们做饭。

继续游览寨子。昨夜狂风肆虐,我们的住房仿佛大海中的小船,不停地颠簸,甚是恐惧。可今晨万物皆静,鸟鸣悠扬,房屋依旧坚挺,梨花依然俏立。昨夜的狂风是一种幻觉吗？其实非也,这就是藏寨春季的气候特点：白天的阳光温暖迷人,夜晚的狂风嚣张气盛。走近靠近田埂的高大梨树,阳光照射下的梨花美得无法用语言来形容,干净洁白,精神抖擞。硕大的花朵中心,花蕊如同少女长长的睫毛,在风动之时扑闪扑闪。万千枝条好像万千只手,握着春风,时而小心翼翼,时而又豪放地挥洒。于是,天地间便有了关于梨花的记忆。在内地,我们对桃花的吟咏,对牡丹的赞美,几近泛滥,那洁白的梨花因其在文学作品中孤傲、高冷、娇美的形象而暂未成为歌咏的热点。但在甲居藏寨的春天,你可以尽情地欣赏梨花,歌咏梨花,因为从某种意义上说,它是雪梨的少女时代,是大山怀抱里的神树,是值得我们好好亲近的最具阳光之气的春天之树。

告别幺哥一家,似乎已尽兴,但当误入丹巴的中路藏寨后,我们被平均树龄一百四十五岁的梨树群彻底惊到了。天下竟有如此高龄的梨树，不相信自己的眼睛，更不想有多余的思考，这里的梨树平均都一百多岁了，大多是"民国"时期种植的，还有更久远的明清时代种植的，这不是匪夷所思吗？银杏树、黄葛树等可以有高龄之树，甚至有高龄到上千年的，这平凡而普通的果树怎么可以生存几百年呢？但不管你信与不信，几百年的梨树就耸立在那里，不动也不移。

只见这古老的梨树主干粗壮，高七八米；枝干如孔雀开屏，向四周扩散。那含苞的骨朵成了孔雀屏上绣着的图案，那盛开的花瓣恰似孔雀张开的羽毛。这棵梨树已走过一百多年了，早已超过了普通梨树该有的平均年龄，可它还那么熠熠生辉，那么蓬勃健壮。是这里的阳光和长风含有长寿的元素吗？真是不可思议啊！转头一看，那一株更厉害，高十来米，呈宝塔状，梨花从上至下如珍珠般倾泻，快到地面时，沉沉的花朵富有弹性地从地上弹起，荡起串串音符，又飞向明澈的天空。我们在这树荫如华盖般的梨树下跳起了锅庄舞，空旷的田野上歌声传送，远处的大山沉稳庄重。不远处，高耸的碉楼已被洁白的梨花包围，看不见树干，仿佛一大束一大束的梨花浮于碉楼腰间。这应该算是高龄梨树群里最具藏族特色的风景吧。

梨花既古老又年轻，既沧桑又甜蜜，既健硕又灵秀，在这高龄梨树群里一点儿都不稀罕，它们呈自然、本真的态势，迎来送往天下宾客，笑看人间千姿百态。于是"掌声雷动"和"满堂喝彩"仿佛从山的那边传来，在雪一般的梨花间，欢天喜地。

"甲居春色梨占却，阳春三月我远来。"这就是我心摇神驰的古老而洁白的梨花，我要同它一道为春天欢唱。

燃爆的不只是彩林

两年前的11月,一个偶然的机会,我驱车到达了位于阿坝州海拔约两千米的卧龙镇,结果漫山遍野已快凋零的树叶,在初冬的天空下吟唱出多彩的歌谣。虽已近尾声,但卧龙镇的浓墨重彩相比于其他地方的雾霭氤氲,引得人们高呼和尖叫。于是,不能忘却卧龙,曾经以为只适宜夏季避暑的它,现在燃爆了深秋和初冬。

彩林,成了卧龙的名片。为什么画家和摄影师总爱往山林里跑?因为艺术家们的灵感,往往来自大自然。我不是画家,也不是摄影师,但我拜倒于卧龙的神奇和难以破解之下,熊猫也好,岩鹿也好,它们或躲藏起来,或在丛林中憨态可掬,或翻山越岭,偶尔下山,也很难觅得。罢了,让卧龙的主角们暂时隐退,让那些不会躲藏的仙山胜水成为替代品吧。

在通往卧龙的路上,随处可见暴雨和泥石流豁开的山口,撕裂的河床,卵石和山石积于路面。颠簸也好,惊险也罢,一路的油画大作让我们早已忘记了世间还有惧怕二字。

一株红得正艳的水杉,在四周已是铁锈红的陪衬下,显得年轻气盛,而它背后高山上的五彩之色,更是让你觉得这个世界在欢唱。一湾秋水,碧绿玉白,它的怀抱中,杂树聚集,若没有秋,你会青睐这湾水,但偏偏就有秋,于是水成了配角,深红、浅红、杏黄、鹅黄等颜色且造型各异的树，才是秋天的张扬，卧龙的地标。黄色为主，夹杂着对季节反应迟钝的夏绿，整齐地排列于山坡上，一排、两排、三排、四排……它们棵棵呈宝塔状，秀颀挺拔，成了最天然的摄影线。两山之间，飞泉急下。若这里只有绿水青山，则显得较单调，而这些树顺山势而长，巨大的树冠像花一般开放，赤橙黄绿青蓝紫，色彩的丰富只有你想不到，没有它长不出的。因此，水的奔涌和彩林的紧簇，给人温暖而明快的感觉。春天的花虽美，但娇弱，而这秋天的彩林壮硕、蓬勃，春花确实难与其比肩。高耸的羌楼和错落有致低矮的房屋，在河道边静静矗立着，背景是喧嚣的彩林，于是幻化出一种异域的情调。

　　卧龙彩林不是传说，它是童话。若说它是仙境，也一点儿都不夸张，甚至仙境这个词也不能涵盖它全部的美妙。

　　在南方极少见的雾凇，却在卧龙镇继续向上盘旋的海拔四千米左右的巴朗山边惊现。

　　"下雪了！"我们惊呼。结果，漫天清雾笼罩巴朗山，既无雪糁，也无雪花，而我们的错觉来自黄草上、树枝上凝结的冰晶。奇观，当清洁的雾降在草上、叶上、树枝上时，又遇气温零摄氏度以下，就形成了雾凇。啊！一天之内，我穿过油画画廊，又轻松迎来雾的杰作——凇。

　　在朦胧中往山坡上缓慢行进，没有气喘的感觉，但嘴唇

巴朗山雾凇

已发乌。山下彩林的火热给予我们内心的温暖，山上雾凇的冰晶不但没让温暖消弭，反而在温暖之上又添了一把火。雾大路湿，我们继续攀登。白鹿来过，树枝上停留的雾凇恰似它之前在这里低头吃草；云浪来过，小团树叶上攒集的雾凇，仿佛珊瑚丛丛。

冷是什么感觉？在这里，只有呼出的热气，没有冷。一条小路，两边珊瑚簇拥，不远处溪流哗哗，我仿佛刚参加了瑶池盛宴从这里路过。仙境中到处都是这样的景致，只是凡俗之人大惊小怪罢了。一块意欲滚下的大石，又在某一个凹陷处扎根了，不知何年而为，现在已有一丛珊瑚悬垂。

这一天很短暂，也很漫长。短暂于只有十二小时，漫长于秋冬两季好像同时降临。画廊的彩色还没有看完，雾凇又来迷人眼，而冰雪就在那巴朗垭口。也许海拔四千七百米的垭口只有两季：夏天和冬天。

夏天时，我来过，那时的巴朗山是东方的阿尔卑斯山，高大的山脉连绵起伏，缓缓的山坡，野草野花覆盖其上，牦牛星星点点。

人间正值秋，山巅已是冬了吗？驱车向上，尖叫声呼啸而过，车外的游客羡慕地望着我们，也欲像我们一样放肆地抒发感情。应淡定从容，不能让高声说话和兴奋的笑声把我们体内的氧耗完，于是悄无声息，屏住呼吸。结果才两分钟，兴奋的大吼大叫声又一次引来陌生游客的频频注目，并送来会意的微笑。若此时下车，估计他们都要冲上来与我们热烈拥抱呢，因为那翻腾的云海和圣洁的雪山就在我们身边出现了，大美无疆，仿佛伸手即触，心情顿觉疏朗。它不同于彩林的惊艳，也不同于雾凇的纯净，却是"拨开云雾依辰极，身在清霄紫气间"般荡气回肠，谁能淡定从容得了啊！

我在峰的脊上行走,右边就是翻涌的云海。它时而浪花朵朵,时而巨浪滔天。或站或立,或坐或卧,云海就在我身后翻腾,没有声音,瞬息万变。远处的雪山一会儿不见了,一会儿又冒了出来。这就是天边,湛蓝的天空仿佛在太阳之上,太阳的光芒从下向上照射,形成一条自然的金边。坐在山脊边沿,恰如坐上了一艘平稳的大船,缓缓地向前驶去。

雪山并不遥远,坐这艘大船穿过云海就可以到达。于是,同行者唱起"回到拉伊萨,回到布达拉",不管恰当不恰当,至少是一种面对雪山应有的表达。与雪山合个影,面前类似蒲公英的枯败的绒花成了雪山的点缀。冬天已来到山巅,一切的枯黄和衰朽终被白雪覆盖,世界再一次变得美妙,四季再一次美到巅峰。只是冷,令人有许多不放心。不急,来年的春色又将抹绿巴朗,让它恢复阿尔卑斯山般的神韵。

这一天,走过了除了春和夏的另外两季。对于童话、仙境和天宫的向往告诉我:其实,我只浏览了卧龙、巴朗的表皮,对它的神奇和难以破解之处仍知之甚少。但这座多季共存之山,立体的生物大花园,却在一天之内令我大开眼界,大饱眼福,真乃:身在世间小窗下,心在仙山白云间。妙哉!

旷世奇湾

直线简单明快，干净利落，确实令人喜爱。不过，曲线则似乎更合乎无论是个体的人，还是社会发展的生存法则和整体规律。而在艺术领域，毫不夸张地说，曲线具有极高的审美价值：国人有"曲径通幽""文似看山不喜平"，而西班牙著名建筑大师高迪更是把曲线捧上了天，在他的建筑理念中，最突

九曲黄河第一湾

出的就是：拒绝直线。

　　慕名前往川西北若尔盖去看黄河那道湾，远远望去，它像嫦娥舞动的水袖，在轻松、曼妙之余，留下一道旷世奇湾：九曲黄河第一湾。夕阳下，晚霞与浓云相伴出现，时而水中霞光万丈，波光粼粼；时而墨云聚集翻卷，水面静谧肃穆。这道湾使人久久凝望，心中无比兴奋和惬意。而脚下被青草覆盖的土包里，时不时有土拨鼠忙忙碌碌地啃啮着什么；锦鸡们拖着长长的尾巴傲慢地踱步，这是何等美妙之景啊！可是，当我们登上它对面的更高处鸟瞰时，第一湾只顾在它的"S"曲线中缓缓向前，除了留给我们无尽的遐想外，还让我们的兴奋点被另一种美妙所取代：第一湾之上的九曲黄河正蛇形般地从甘肃奔来，这发源于巴颜喀拉山、贯穿我国版图西东、流经九省三十三地的母亲河，它的第一笔竟落得如此潇洒、豪迈、轻松、自如，简直是天外来笔，神仙画就。目力所及，薄雾弥漫，但那丰沛的河水却深深地镶嵌在大地之上，它是远处的影影绰绰，它又是近处的大河奔流。

　　能称得上母亲河的，往往都是早期人类的发祥地。黄河早期文明主要集中在黄河中下游地区，新石器时代晚期，人们就开始在那里繁衍、生息、发展、创造了。城郭的雏形，农业和手工业的发展，礼乐的建立和完善，它们共同构成了华夏文明的源头。如果这些源头地带没有良好的生态文明和人类的"非诚勿扰"，就不会有黄河中下游文明的诞生和发展。因此，良好的生态文明应该是黄河早期文明诞生的保障和发展的根基。

　　站在第一湾的对面，黄昏时的水汽朦胧自然让人升腾起诸多联想。黄河，我们的母亲河，当你就在眼前飘来荡去时，我早已是热泪滚滚了。没有你的诞生和存在，哪有我们的生命轨迹啊，更不要奢求今生与你在这鲜花盛开的若尔盖唐克镇来一次美丽的邂逅了。感动,内心充溢难言的感动,这是见过诸多名山大川之后的我从未有过的感动。

黄河,我们的母亲河!如果它的水从地理的角度说,来自巴颜喀拉山脉,那从文学的角度说,又来自哪里呢?应来自唐代诗仙李白的"君不见,黄河之水天上来,奔流到海不复回"吧。的确,它来自天上。因为这神秘的滚滚大河突然降临人间,变成天地间的一条水龙,滋养了大地,孕育了人类文明,这岂是涓涓细流所能成就得了的?因此,文学的黄河,诗意的黄河,李白早已给我们做出了最佳的解读。《将进酒》中有:"君不见,黄河之水天上来,奔流到海不复回。君不见,高堂明镜悲白发,朝如青丝暮成雪。人生得意须尽欢,莫使金樽空对月。天生我材必有用,千金散尽还复来。"李白来过若尔盖吗?来过这登高望远的山顶吗?他应该来过,否则,怎会有如此这般的奇思妙想,佳句连连?不过,他的个人之愁实在太大了,以至于他的笔下写出了旷世奇愁。《将进酒》的最后几句这样写道:"五花马,千金裘,呼儿将出换美酒,与尔同销万古愁。"天啊!怀才不遇的李白,豪气冲天的李白,愁也愁得如此惊天动地,撼人心弦。九曲黄河十八弯,黄河有多少曲折和弯道,李白的愁就有多少曲折和弯道;黄河从西向东绵延几千公里,李白的愁就有几千公里。天下竟然有这样一位诗人,可以把愁写得如此恣意霸气,大开大合。也许不是愁本身,而是这条九曲黄河给了诗人大胆的想象和无限的夸张。

九曲黄河第一湾,关于自然之河与母亲之河,关于文学之河与李白之河,还有什么可以关于的呢?这蛇形般恣意向前的黄河,就是一个放大版的"曲水流觞"啊!

东晋书圣王羲之的《兰亭集序》中有这些精彩的句子:"此地有崇山峻岭,茂林修竹,又有清流急湍,映带左右,引以为流觞曲水，列坐其次。"而这里，并无崇山峻岭，也无茂林修竹，唯有那朗朗乾坤和天高地远。可那九曲黄河的曲曲弯弯不就是"清流急湍，映带左右，引以为流觞曲水"吗？经过的九省三十三地，不就是那众多的诗人"列坐其次"吗？九省三十三地围着黄河席地而坐，等着那盛满清洌美酒之杯从远方漂来，抬头"仰观宇宙之大"，低头"俯察品类之盛"，"所以游目骋怀，足以极视听之娱，信可乐也"。这是何等盛大的一次诗歌之会啊，天地是花园，黄河是流觞之曲水，那香醇的美酒就在这大江大河之上欢快地传送，自西向东。

夜幕开始降临，思绪却还像野马一样在九曲之上奔腾。刚才还在身边蹦蹦跳跳的土拨鼠已不见了踪影，大概是进洞歇息了吧，精灵般的锦鸡也不知藏到哪儿去了，不过那目力所及的蛇形之河在星月的照射下仍冲击着我的视线。它不会遁迹于黑夜，无论是否有星光，它都会不知疲倦地辛勤地奔跑，遇直激流奔涌，遇弯平缓从容，直到天荒地老。

黄河的旷世奇湾，李白的旷世奇愁，还有我的旷世奇想，这都得益于天地间有这么一条世界上独一无二的九曲黄河。

黄河，我在西南一隅的四川见到了你，你从北方而来，在川西北的若尔盖绕了半圈，又折返进入北方，胸中便深深铭记下你蛇形曲折的艺术情趣之美和迂回向前的智慧、策略之美。

试想，西方的建筑大师高迪若来此，见到了九曲黄河会怎样呢？定会匍匐在地，顶礼膜拜，给他的"拒绝直线"找到了更充足的理由吧。

遥远的碧色寨

公元 1939 年冬,在抗战全面爆发的背景下,我所任教的国立西南联合大学南迁到了云南昆明。没有想到的是,在这样一座边陲城市,却有如此繁华而美丽的小城——蒙自。尤其是蒙自的碧色寨,正如它的名字,在较为宽阔的两山之间,米轨和寸轨交替出现,结实的枕木、高耸的交通灯,特别是在各种颜色的火车南来北往、相互交错时,碧绿而葱郁的两山便仿佛簇拥着一条金属河流,缓慢又匆忙地向前流淌。如果说,这些只是滇越铁路上一个著名站点该有的美丽和繁忙的话,那么,散落于小山间的黄墙红瓦法式建筑和点缀于小路两边的当地响墙民居,也许就是其他站点难与之比肩的独特隽永之美了。

流连、沉醉。上次为了赶去蒙自市中心上课,对碧色寨的风光只是匆匆一瞥。这次,正值学校放寒假之际,我这个联大文学院的老师正好在此多观看观看、欣赏欣赏,也算一种有意义的文学采风,然后再搭乘碧色寨返昆明的火车,回大后方的家里做短暂的休息。

经过一条通往碧色寨站点的主路,地面用一块块方形石砖整齐地铺就。我穿上那年在上海定制的一件蓝绿色旗袍式上衣(在云南的冬天,这样的厚型棉线服便足够抵御所谓的风寒了),下着一条黑色加厚型长裙,便在这条主路上东瞅瞅、西看看，愉快地前行了。此时正是早饭时光，菊花鸡汤米线的招牌处处皆是，面包房也随处可见，更有热气腾腾的面条摊位、包子摊位之类的在路两边的小餐馆门口高调现身，仿佛争抢着来来往往到铁路上的打工者、早行者和游客们前去光顾。

滇南的阳光从不吝惜自身的金色，总是在每一个早晨如期而至，露出七彩之光。阳光下的主路上，人们似乎显得更加兴奋，对美好的一天充满各种期待。

安南咖啡的招牌出现了。向右拾级而上，两边都是响墙民居，墙身由两部分组成：下为就地取材的不规则石灰岩，用黄土将不规则的石块黏合在一起；上为木质结构。据说，这家咖啡店是一对越南夫妇开设的。是啊，滇越铁路从昆明北起，经河口到越南，是国内第一条国际联运铁路，越南夫妇到这开放的通商口岸开个咖啡店，也不足为奇。由于自己长期从事教师工作，有熬夜看书、写文章的习惯，所以一杯咖啡在手的情况再平常不过了。于是，我兴奋地跨进咖啡屋，室内黑色的木质墙裙上置有镂空的方形窗框，一幅白色的手工纱帘从窗框上悬垂而下，可以隔着它向咖啡店老板点咖啡。越南老板用不太熟练的云南话介绍着店里的招牌咖啡"滴漏"，而我干脆用英文与他交流起来，他反而说得比较流畅，还给我说他会讲一点法语。于是，我们交流好了喝哪样咖啡后，他便开始辛勤地制作，而我则静静地等待、发呆。

休闲间，从外面走进两位外国人。一个高大、壮硕，一个身材匀称，五官精致。前者应该是美国人，后者可能是法国的，因为这条滇越铁路中国段是法国人主持修建的，这里的法国人应该很多。的确，当他们坐在离我不远的地方聊天时，高壮者一口流利的美式英语，匀称者则用带有法国腔的英文与之交流。我端着越南老板刚送到手上的"滴漏"咖啡，无意中听他们聊到了个旧的锡矿和美孚水火油等，心想，这些正是碧色寨在云南乃至全国闻名的原因啊——锡矿的卖出，水火油的买入等，这些都得依赖这样一座吞吐量巨大又风情万种的火车站啊！后来，我又在咖啡店看到一份资料：护国将军蔡锷差点儿在碧色寨遇刺，因提前得到消息，未在该站下车，免遭劫难。这又一次让碧色寨闻名天下了。

我一边喝咖啡，一边想着开学后如何给学生讲今天的各种游览感想，时间很快就到了中午时分。据咖啡店老板说，顺着他家咖啡店门前的石路上坡、下坡，穿越铁道，再登上对面的一座小山包，碧色寨分关员工食堂就到了，在那里可以吃到西餐或中餐。

一路上虽也坡坡坎坎，但大多起伏不大，走起来毫不费力。经过了大名鼎鼎的美孚公司，低矮的白色翘檐平房一间挨一间。一座巨大的四合院矗立眼前，进去一看，原来是一座材料厂房，也算物资集散地。这令我非常震惊，堆放各种转运物资，有必要修建这样一座布局讲究的四合院吗？路边、草丛里，哪里不可以堆放呢？这样的四合院，俨然一座大户人家的府邸，且在秀美的山水间，不知可以养育出多少杰出的人才啊！可惜了这块风水宝地。我想，这也许是东西方文化、思维方式的差异所在吧。

下坡，横穿过铁道，只见精致的法式小洋房立于小山坡上。上百年了，黄墙红瓦，瓦上寸草不生，虽然色泽陈旧了许多，但瓦与瓦之间紧密的连接和平顺的走向，完全像新盖上的一样。屋前，红色、粉色、黄色的玫瑰花争奇斗艳，木质的绿色百叶窗虚掩着，高大的绿色木门敞开着。屋外有三三两两的中国人在等待，在闲聊。我慢慢走近他们，仔细观察，他们大多穿长衫，只有极个别人西装革履。穿长衫的也许是外地来谈生意的，着西装的应该就是碧色寨的员工吧。这个员工食堂可对外，先西餐后中餐，等吃西餐的走后，吃中餐的才进场。我原本犹豫选择哪种，后来为了听听长衫主顾的言谈，就做出吃中餐的样子，等着和他们一起排队进入。

这些外来谈生意的长衫主顾，举止都比较儒雅。他们谈论着各自的事情，都说生意越来越不好做了，前方又在打仗，到处混乱不堪。有人开玩笑说要做军火生意，另外的人泼冷水道："军火生意是你我几人做得了的吗？"我假装不看他们，却竖着耳朵倾听。从他们的谈话中，我已感到了时局的紧张和生意人的苦恼。不过，无论他们如何叫苦不迭，肯定还是在碧色寨赚到了钱。否则，在这抗战的背景下还千里迢迢跑这里来干吗呢？

午饭后，我独自拎着简易的藤编行李箱，顺着铁路向几百米开外的站台走去。越来越近了，法式两层楼火车站冲击着我的视线，它仿佛一座鲜明的路标，一直引领着我满心激越地向前。因为，我要从这里登上北去的火车，回到心心念念的家乡；又将在一个月后从这个站台出来，继续到西南联大蒙自分校任教。因此，它是我人生舞台上的一个重要站点，既是客观的站点，又是精神的站点。于是，它似乎瞬间变成我朝圣的地方。

午后时分，我已在站台上的绿色木椅上坐等。起风了，蒙自这边的风历来较大，虽然四季如春，气候宜人。应该是刚开走了一列火车，站台上寥寥几人，我轻揽着行李箱，凝视远方。

恍惚间，随着一阵大风的卷起，我的眼前仿佛出现了十来个与众不同的女生。她们身着草绿色的衣裤，腰间还扎一条棕色的皮带。个个都头戴草绿色布帽，帽檐正中靠上一点有一颗红色的五角星，托着下巴的衣领两边还嵌有红色的领章。天啊！这是一群什么人啊？她们来自哪里？但不管怎么说，她们带给人一种飒爽之气，在女性的柔媚间，多多少少充溢着男儿的气概，怎一个"美"字了得！

正震惊，一阵豪迈而清亮的女生合唱响起来了："世上有朵美丽的花，那是青春吐芳华。铮铮硬骨绽花开，滴滴鲜血染红它。啊！绒花，绒花。啊啦！一路芬芳满山崖。"我又被这样的歌声震惊，它不同于"民国"女性歌曲的柔软、凄迷，而是充满顶天立地的英雄气。这是一群从天而降的仙女吗？只不过乔装打扮，看上去与众不同罢了。

蒸汽火车轰隆隆开进站了，它烟囱里冒出的滚滚白烟让这群女子瞬间消失了。我瞪大眼睛四处寻找，除了即将开走的火车和正在登车的几人外，再也没有其他人了。我的心突然有一种失血般的疼痛，在依依不舍间登上了北上的火车。

碧色寨，它与我在地理空间上相距上千公里，这是一种遥远；它又演绎了一段"民国"游历，也是一种遥远。今生的我只是碧色寨的一名匆匆而过的游客，而我的前世难道真如上面所写？

无论是前世今生，还是今生前世，碧色寨终究是带给我一段最难忘的经历，因为它不只浓缩了百年前的历史，更展开了百年后的画卷，这古往今来的过眼云烟，总是带给我思考的沉重和精神的欢畅。

高荡铜鼓

在平静的生活中，被一种激越、奔放、热烈的鼓声狂风暴雨般地侵袭时，那将带来一种怎样的兴奋和欢乐啊！安塞腰鼓，它就是那种激越、奔放和热烈，它就是那种兴奋和欢乐！

我热爱安塞腰鼓，但当我有幸听到了远离陕北延安的贵州安顺镇宁的布依铜鼓时，才知道，生活只有安塞腰鼓是远远不够的。无论是年轻人、中年人，还是老年人，除了需要那令人充满阳刚之气的腰鼓的催促和振奋外，还需要这来自人间仙境的铜鼓十二调。

海拔一千多米的镇宁高荡村，恰似那崇山峻岭间架着的一口锅，朝天向阳，开阔敞亮。阴天，铅灰色的云在高山之上，在森林之颠徘徊，明暗有致，舒卷自如。敞亮的高荡村广场却完全不受阴天的影响，背北面南，一场庄重、大气、悠扬的铜鼓表演，便在一字形的石头屋前面"风生水起"了。

主鼓手守在一个硕大的铜鼓前，铜鼓置于广场中央，悬于木架中间。圆形的铜鼓面，略收的腰身，敞开的大口，构成它似一口深锅的造型（看来，这高荡布依古寨与锅结下了不解之缘，村落像口锅，打击乐器也像口锅）。鼓面正中绘有太阳图案，这令人想起蜀地金沙的太阳神鸟图，只不过，此处的太阳符号更象形，而彼处的太阳符号更写意罢了。只见主鼓手仙风道骨,结实而硬朗的身体着一袭黑袍,一条蓝色绸带在腰间随意地一系,便有了玉树临风之势。已是人到中年的他,仿佛缺失了许多人间烟火气,脱俗的精气神儿写满眉宇间。

随着身体缓慢而有力地摇晃,他的黑色披肩长发飘起来了,左右两手各执一竹制鼓槌,棒头在红绸的包裹下,于黑色鼓面击打了起来。鼓声时而舒缓,时而疯狂;时而高亢,时而低迷;时而悲伤,时而喜悦;时而庄严,时而潇洒。"喜鹊调""散花调""祭鼓调""祭祖调""三六九调"等铜鼓十二调,便在他率领的表演团队里"目中无人却心中有人"般蔓延开来。

他的身后是几位壮实的布依男子,他们以主鼓手为顶点,呈三角形排列。有击红色牛皮大鼓的,有吹唢呐的,有敲锣打镲的,统一着装,均为布依男子行头:头裹盘帕,上着湖蓝色对门襟上衣,下着藏青色长裤,与主鼓手的黑袍蓝腰带交相辉映,远望去就像一幅布依乡村风俗表演图。四周的青山好像穿着五月的嫩绿盛装,随着鼓声起舞;远处的梭罗河好像挥舞着碧玉般的绸缎,随着鼓声欢歌。

其实,我们刚从梭罗河边回来,走过盘旋的路,绕过层层叠叠的坟,在有六百多年历史的古石桥上漫步,在高荡村世世代代最后的栖息地上踟蹰。这一切,在暮春的早上显得荒凉而久远,而我们正是因了对这荒凉和久远的凭吊,才萌生出对高荡村布依族人了解的渴望:死者如斯,生者又将有怎样的生活方式和生活情趣呢?

于是,才在上面热闹的场面和纵情的铜鼓间,似乎看到了布依人十二个月的劳碌,看到了劳碌间的他们祭神祭祖、婚丧嫁娶、出殡送葬等情景。我们不可能和布依人生活在一起,日日月月,岁岁年年,但他们世世代代传下来的,有着上千年历史的铜鼓十二调，却让我们在有限的时间内，有了大胆而无限的想象，也有了了解他们的更加独特的方式。

安塞腰鼓，那是最接地气的，紧贴着黄土地的民间鼓乐，它要表现的是陕北汉子的牛气、虎气、阳刚气。它是一种瞬间的昂扬，瞬间的喷薄。一北一南，南方的铜鼓不会激起黄沙漫漫，因它所处的位置山清水秀；南方的铜鼓不是只顾昂扬，因它在上千年的历史中，作为布依人的精神图腾，需要承载的东西太多太多；南方的铜鼓不只诉说烟火气，它还是布依人的神物。这南方的铜鼓啊，它走进布依人的生活，又高扬了布依人的生活，让你觉得，这不只是简单的铜鼓，而是一个民族从古至今生活的全部。所以，要想更多地了解布依族，只需要在它敲响的铜鼓间驻足停留。

恍惚间，五只岩羊向我们跑来了。也许是鼓点的召唤，也许是节日的欢闹，也许是暮春的蓬勃。不管怎么说，高荡村从有人居住时开始，就与这五只岩羊有关。羊，这温驯的吉祥物促进了高荡村人的安家落户，生生不息，和睦平安。

五羊用惊疑的眼睛望着众人，仿佛望着一个古老又全新的世界。此时，铜鼓清越而洪亮的声音也恰到好处地敲响了收官之声。

石门坎高地

在黔西群山包围中,有一块隆起的高地。其地势的起起伏伏、坡坡坎坎与远隔万里之外的英格兰高地相似,只是那边的气候更柔和,这边的气候更阳刚罢了。难怪在1905年,一位英国传教士选中了这个彝、苗(占大多数)、回族聚居之地,开启了他告别昭通传教的诸多不顺,却在这极其闭塞、落后、艰苦的此地,一切皆顺的传教士生活。他不是一般的传教士,在贵州威宁石门坎,除了修建基督教堂,还办了石门坎小学(后称光华小学)、医院、邮局等,让这块隆起的高地告别了愚昧和落后,充满教育、文化、文明教化后的风情和生机。

我到的那天,初冬的太阳正高调现身,热烈地照耀着,心情也随着道路的起伏和明洁的阳光,仿佛长出了翅膀,拥抱着眼中的一切。站在石门坎制高点上,远山不愿遁去的秋意向我袭来,当地人不多,游客稀少。远远地,好像看到英国传教士柏格理挺直身板,拄着拐杖,从缓坡下向我走来。他用较流利的汉语和我聊了几句,大意是让我去看看他们的教室,并给教室里十几位百岁老人讲几句话。

跟随柏格理来到山路边一个较空旷处,一座百年老宅矗立眼前,两层楼上加一层坡顶阁楼,其整体形状仿佛一个欧式糖罐。我站在"糖罐"前发了一会儿呆,就被邀请进了有小格窗、朱红门的教室。教室里着苗族服装的男女同胞们齐刷刷地把头转向我,犹如在看一位天外来客。我被他们诧异的眼光惊到了,赶紧做了一番自我介绍,这才想起问了问下面的老人们懂不懂汉语。结果这一问,双方的惊疑也好,拘谨也罢,全都烟消云散。一位老者发言说:"我们懂双语,除了苗语,柏格理先生还教了我们汉语。"我向他点点头,说:"那太好了,我们交流起来就毫无障碍了。"老人们大笑起来,嘴里几乎没有一颗牙。

谈什么呢?我随意讲了讲这次的旅程,并说从四川成都开车到这贵州西部,大约用了六个多小时的时间。他们听后唏嘘不已,并说以前要完成这几百公里的路程是要用月来计算的。又谈了谈我的职业生涯,教了一辈子书,所以今天一遇见柏格理先生,他就让我进来给大家说两句。百岁老人们纷纷点头表示理解,接着问了一些问题,诸如现在是什么时代,人们的学习方式和生活方式怎样等。当他们听说现在的人衣食无忧,交通工具多样又方便,每人都手机在握,生活和工作全在掌中一网打尽时,兴奋得几乎疯狂。一位位老人颤巍巍地站起,意欲与我握手致意。柏格理先生见状,示意我走到他们中间,与他们一一握手。

真实地与这些百岁老人握过手后,又被真实地拒之于教室红门之外,柏格理也

柏格理修建的教室

好，百岁老人们也好，竟齐刷刷地瞬间消失了。这是太阳下的幻觉，还是极想让昨日重现的刻骨的思索？也许两者都有。

　　离开教室，继续沿左侧山路前行。路遇一位戴眼镜的先生，在我们短暂的对视间，他主动搭话说："很多人走到这里就以为参观完了。你们要继续往下走，下面还有柏格理修建的游泳池，你们身后那边的教堂后面还有他的墓室呢。"听到这里，我兴趣大增，兴致勃勃地顺山路向下寻觅。

　　经过现代修建的石门小学，其规模已是从前难比。后来遇见四个玩耍的小学生，打听后得知，他们一个年级就有十二个班，可见该校的名气之大，生源之好。在生源普遍萎缩的当今，这实属罕见！而这几个孩子还是从昭通来就读的。也许是随父母在此打工而读石门小学，也许是远离父母在此寄宿读书，无论怎样，柏格理曾经的"风情和生机"再一次重现石门坎了。

　　逼仄的石梯一直向下，早已风化坍圮的黄泥砖墙围成了一个没有屋顶的长方形建筑。荒草丛生，让你无法辨别这究竟是不是游泳池。抬头向右，顺着镰刀砍蔬菜的声音，视线越过几个田坎，随口一喊："大爷，游泳池在哪里？"从田间真的冒出一个头来，原来是一位苗族老大姐在砍菜，她用手指了指，说："就你脚前面的那个。"我们迫不及待地向游泳池跑去，走到墙体大幅度开裂处，闪身而入。只见一大一小两个长方形相连的泳池，加起来长约五十米，宽约四十米。杂草在泳池间茂密地生长着，早已在自然形成的小生态圈里自生自灭，无人问津了。四周异常宁静，立于泳池中央墙边，平视泳池，仿佛波光潋滟；仰看左低右高的远山，白云流转，一种万籁俱寂、心旷神怡的感觉从心底涌出，蔓延全身。福地，这的确是风水福地，柏格理慧眼独具啊！

依依惜别那曾经辉煌的学生游泳池（据说，再往下走还有足球场），柏格理倡导运动的理念和积极的行动，带给了当时的苗族孩子们开放的思想、强健的体魄和逐梦的勇气，成为那个时代不止是苗区，也是广大汉族地区新式学校的运动榜样。

参观似乎接近尾声，我们向苗族老大姐指引的方向攀登上去。与她寒暄并致谢，她友好地看着我们。一把细长的湖蓝色梳子将盘于头顶的牛角发髻锁住，既美丽，又显现出劳动妇女的干练。正欣赏她独特的发髻时，一行四人从身边悄然而过。最抢眼的就是那位下着苗族白色百褶裙，上披一件绣花坎肩的短发女士。我望着她的背影问："你是借来的苗族服装吗？"她身边的小女孩抢着答："她就是苗族人，而且就是本地的。""什么？她就是本地苗族人？"女士回头看着我点了点头，于是我随他们一起登上了观景台。在风光旖旎的山间，能看到这样一套明快、鲜艳、清雅的苗族服装，且是被一位本地苗族女士穿上，真是既古老又现代的风情点缀啊！于是，我邀请她一起合影，并欣然与之攀谈。她姓王，今天是一家四口出来游玩，她和老公及一双儿女。

王女士的老公主动告诉我，他是彝族。我调侃道："这下石门坎的两个民族成亲了。""我们这儿还有回族，人数较少。"王女士说。我接道："刚才我们来时遇到一位，还向她问了路呢。"随着聊天的深入，得知王女士曾就读于威宁的民族师范学校，学的音乐专业，后通过函授大学中文的学习，现在在石门坎附近的一所小学教语文。这相同的职业，让我们有了更多共同的话题。交流之余，她高兴地亮开了金嗓子，用苗语演唱了一首《祝酒歌》，声音干净、清澈，颇具感染力和穿透力。我想，在这寥寥数人的广袤山间，她的歌声一定能直抵柏格理先生的心里吧？也一定会给他很多安慰吧？因他1915

年过世后，就长眠在此，再也没有离开过他打造的王国。

后来，我们又随王女士参观了"石门坎"那道永远打不开的、像一座小山形状的石门，它的寓意全由柏格理承包了。柏格理为了方便运送修教堂和小学等的建筑材料，在此打通石门坎到昭通的运输通道。从此，这座永远打不开的石门成了这条百年老路的地标，也成就了黔西威宁苗族地区这个响亮的地名，从而被永恒地定格下来。

参观真正该结束了，却又迎来了一道亮丽的风景。一位居住石门坎的汉族妇女，看着我和王女士在石门前拍照，并听了我们的聊天，知道我是成都人后，也加入进来，骄傲地介绍了她的女儿是如何在石门坎读小学、初中，又如何考进威宁重点高中，最后顺利考入北京某大学，现定居成都的过往。于是，我与这位汉族妇女又多了一层交流的理由。她说，她是嫁进石门坎的，自己不识字，但一双儿女读书都厉害。我对她说："你嫁到一个读书的福地了。百年前，就有柏格理开拓了这片文教荒芜之地；百年后，它仍然是苗乡教育的标杆之地。你好福气啊！"她高兴地点点头，并执意要送我们走到教堂后的柏格理墓前。

柏格理墓在石门坎基督教堂后面的小山包上，植被丰富，绿树掩映。当地政府为其开了一条小路，从教堂后面可直上墓地。据说，每年清明，凭吊者络绎不绝，而平时也偶有从全国各地前来的祭奠者。今天，我也慕名来到这里，为了这位传教士，更为了这位教育、文化、文明的传播者。石门坎高地无论是过去，还是现在，都因此而散发出独特而迷人的风情和生机。

人字桥，想说爱你不容易

在这个炎热滞留人间、迟迟不愿离去的所谓的秋，寒潮突然降临，令还浸在盛夏余韵中的人们猝不及防。但大假如期而至，我们的出行计划丝毫不受影响，如期制定并付诸行动。

自驾的感觉总是很自由的。除了遇见堵车，一切都显得那么随心所欲。今年年初大假，我们自驾到了云南的建水、红河、蒙自。这次大假，继续完成年初的计划，一路向南，到达了云南的屏边和与越南接壤的城市河口。

不必说，河口的暖阳和异域情调；也不必说，在此地打工的从桥那边过来的大多数越南人，他们的诚信和友善是我万万没想到和体会到的；更不必说，河口1897年开埠建市的地标性建筑——现在的河口起义纪念馆一带，古老的法式建筑令人流连忘返。单是距离河口几十公里外的屏边人字桥，就有把人宠上天的感觉。因为，由著名的法国工程师设计、我国路工建造的滇越铁路上的标志性工程——人字桥，是滇越铁路的一部分，而滇越铁路早已进入"世界三大工程奇迹"之一，与巴拿马运河、苏伊士运河齐名。而我能有幸在自己的国土上零距离地欣赏这座建在两山之间的、长约七十米，离峡谷底深泓线高一百米的、现在还在运行的铁桥，我的心情可想而知了。

带着这种欢欣的心情，我们很快驾车来到了屏边苗族自治县的人字桥附近。寒潮一扫而去，人们必备的服装是短袖、衬衫之类的。要想上人字桥，需要登上一座小山。我与从山上下来的男女老少热情地招呼，就像遇见久别重逢的亲人一样。他们也高兴地回应着我，那高兴是已欣赏过人字桥的满足和傲娇，当然也是大假与亲朋好友一同出行的快乐和喜悦。这一切都恰到好处地与暖阳严丝合缝地衔接着，妙不可言。

滇越铁路著名的米轨与我的头顶齐平了，再向上攀登一点，哇！一条蛇形的精美的米轨铁路就在眼前恣意地穿梭。这条已运行了一百多年的铁路，车轮与轨道的接触面早已磨得锃光瓦亮，而轨道与枕木之间的铆钉刚上了黑色的沥青。看来，在21世纪的今天，它还辛勤忙碌着，而养路段工人们还随时养护着它。

中午时分，游客寥寥。我们再稍微错错峰，便得到了一座弯弯曲曲的专属于我的天堂般的引桥。四周非常宁静，起伏的山峦就在不远处尽展它浓绿的容颜。由于米轨是建在山腰上的，因此，当它窄窄的轨道穿山岩而过时，左右并不险峻的裸露的岩石，及其顶上丰茂的绿色植物，让你觉得自己分明是行走在童话世界：时间变得缓慢，周遭的一切变得似玩具般好玩和可人。

快到了！那向往已久的，心心念念的人字桥！脚步自然快了起来，有飞翔的冲动。走进必经之路的隧道，伸手不见五指，心中除了向往、着急，竟添了犹豫和胆怯：这条隧道要走多久啊？会不会有火车突然开来啊？若火车开来了，怎样躲避啊？这一系列问题"你来我往"地在脑中萦绕，我竟"裹足不前"。这时，幸好进来了一些游客，于是大家互相鼓励，打开手机电筒，隧道里一下就亮了。

终于，在一种向往、着急和胆怯中走完隧道，令人震撼的两山隧道之间笔直的米轨铁路出现于眼前，四岔河在桥下悄无声息地奔涌着。试想，若让我登上月球，大概也是这种感觉吧？全新的风景，全然的凌厉，全程的惊险，谁会想到今生会来这里走一趟啊！由于两山的挤压，加上铁路桥又建在接近山尖的位置，风速加快，风力巨大，人虽说没被吹起来，但头发早已乱如麻，大有从头皮上断舍离的感觉了。人在铁轨上行走，望着对面隧道上方山崖的壁立千仞，"猿猱愁攀"，脚不听使唤地发软、发麻。真难以想象，火车是怎样从脚下的轨道上开过的，再坚硬的钢铁能硬过这几十亿万年形成的高山吗？且还运行了一百多年，并有继续将这种集风光之美和惊险刺激之感的火车之旅进行到底的意味。

这是一百多年前的杰作了！据有关资料介绍，被列入《世界名桥史》的"人字桥"，始建于1907年，由法国巴底纽勒工程建筑公司的工程师保罗根据应用力学原理设计，并由其公司承建。当时，保罗的设计方案胜出许多著名桥梁大师的方案，包括设计埃菲尔铁塔的埃菲尔团队。它的"双重式结构，上部为多腹钢梁，下部为三

云南屏边人字桥

铰人字拱，全桥用钢板、槽、角钢和铆钉连接而成"的设计方案，的确让滇越铁路云南屏边五家寨四岔河上的这座以巨大的双手平举，双脚尽力踏入两山之间的"人字桥"，无论风雨雷电、地动山摇，它都岿然不动，且还能让一百多年后的子子孙孙们慕名前来，尽情欣赏，这是藏在深山人可识的"人字桥"的骄傲，也是我们后辈晚生的幸运啊！

当我抛开胆怯和惊慌，静静地欣赏两条隧道之间笔直的米轨，及隧道上方恍如宝剑般高耸入云的嶙峋怪石时，脑海里竟然莫名地涌现出那首最能触动人内心柔软情愫的《乡愁》："小时候，乡愁是一枚小小的邮票，我在这头，母亲在那头；长大后，乡愁是一张窄窄的船票，我在这头，新娘在那头；后来啊，乡愁是一方矮矮的坟墓，我在外头，母亲在里头；而现在，乡愁是一湾浅浅的海峡，我在这头，大陆在那头。"在关于乡愁的诗歌里，这是一首语言浅显，却意蕴深远的不朽诗篇。我毫无保留地喜爱它，或朗诵，或背诵，或吟唱，因它可引起每一位读者的共鸣，它写出了常人最接地气的，同时也是最高贵的情感。当然，诗人余光中的才华与他深刻解读人类最普通又深邃情感的能力完美融合，才得以成就这样的千古诗篇。

那我为什么会在这座世界著名的"人字桥"上，联想到这貌似风马牛不相及的，最能触动人内心柔软情愫的文学作品《乡愁》呢？因为《乡愁》这首诗，想说爱你很容易，但保罗的"人字桥"，却是想说爱你不容易啊！因此，这一刚一柔貌似风马牛不相及的联想，却有着类比的共性，即都是人类的杰作，一个是文学的杰作，一个是桥梁的杰作。保罗的人字桥，在一百多年前我国云南的大峡谷之上建造，注定了这是刀尖上的行走，烈火上的煎熬，死亡之上的舞蹈！设计很美丽，建造很残酷。地狱般的苦难托起这举世奇桥，它是整个人类在历史进程中的集体苦难、集体情感、集体表达。保罗纵有不可限量的才华，但他凭一己之力是造不出这座钢铁之桥的。这承载了百年沧桑历史，现在还托起中越之间来来往往贸易火车的标志性工程"人字桥"，是由数不清的白骨堆砌而成的（据资料显示，为了建造这座"人字桥"，死了八百余人）。古语说"一将功成万骨枯"，而在此可不可以这样说：一架"人字"万骨枯呢？滇越铁路上的"人字桥"，想说爱你不容易！行文至此，这似乎应该就是我要寻找的答案。

告别，回望那高山峡谷之上的"人字桥"，真希望正有一列火车轰隆隆地经过。失望之余，立即将几天前在河口南溪河上看到的，驶进越南的那列火车放在此处拼接，它一往无前的身影便在这人字桥上鸣笛而去了。

阳光的意外

金川，海拔三千多米的纳勒山上，有小布达拉之称的观音庙，在日历上的立冬节气过后，仍讲述着金秋的童话。墨绿、嫩黄、火红在这里或有序或杂乱地排列着，白红相间的庙宇与这种排列和谐相融，达到了美的标杆。

早上8点刚过，我以红墙为背景，面对周遭的大山，俯瞰河谷地带依水而建的观音镇上的藏羌建筑，似有炊烟飘出，但更多的还是徐徐而升的阳光，以及浮在空中的薄薄的晨雾。为四川广播电视台做一个小小的宣传：有关银铃大学开班一事。于是，我面对摄像头，诵读起了早已背好的台词。较于昨日诵读的各种不满意，今日的诵读一次成功！当如释重负的喜悦涌上心头时，才惊觉那抹初生的朝阳光芒，正柔柔地移于我的脸上、身上。这算不算阳光给我的第一个意外呢？在诵读开启时，初阳普照；在初阳普照下，诵读不再遇阻！

于是，那淡淡的太阳金色令人将时间倒转于昨日，浮想联翩，欲罢不能。

昨日黄昏时分，在甘孜藏族自治州的丹巴美人谷，看到了刀劈斧砍、卓尔不群的大山。植被在这里已无关紧要，紧要的是山的重峦叠嶂和"锋芒毕露"。粗粝、冷硬的环境配上夜幕降临时藏族同胞热烈的锅庄，于是，一切都变得柔和而有了温情。当第二日晨曦初露时,我们再次踏上熊猫大道,向位于阿坝州的观音桥驶去。

始于利川,止于炉霍的熊猫大道,的确有人在画中游之趣。曲径的迂回和适度的缓坡,置身其间,仿佛在欣赏盆盆流动的盆景,和盆景里渐渐变得浓艳的秋色。

审美没有疲劳的时候,因为一路的美景"出其不意",变幻无穷。而在沿大金川河缓缓行驶的途中,若按正常的表述来说,我看到过人间仙境;若按非正常的表述来说,我仿佛到过另一个平行世界。

不相信自己的眼睛,不相信有这样一个时空。一路的美已令人非常开心和满足了,因它是我脚踏世界且能真真切切感受到的东西。可此处怎会有这样一方无法用语言描述的天外风光呢?

金川路上的风景

小小的藏寨在河的对岸。起伏的山峦，浓绿中，成片的玫红色植被让秋山热闹起来。阳光普照，明暗有致。暗的部分，清澈的河水如大理石般平静丝滑，不说它两岸真实的植物，单是那水中的倒影，就够让人魂不守舍了。柠檬黄的树丛在浓重的背景下，颇有凌波仙子之妙。从此我觉得，最美的秋色不再是枫叶红了，而应属于这山水边的凌波仙子。明的部分，让你再次读懂什么叫"天光云影共徘徊"。正缓步进入山水画图中的云"春蚕"，颜色雪白，身形饱满，阳光将其投射在水边浓绿色山中，好似慢慢移动起来，咀嚼起来。它银白的丝便缠出了河对岸株株挺拔的白中带黄的树。飞鸟来过，那是在天空熹微之时；野兽们来过，那是在它们需要庆典之时；藏族先民们来过，走走停停，聚散离合，最后留下的，再也离不开这川西高原美丽的山水，逐水而居，世代繁衍。

这算不算阳光给我的第二个意外呢？人间没有这样的美景，但我相信，在我的平行世界里定有这样的美景，而川西高原绝美的阳光让我走进了这个世界。如果将来再来寻找此处美景，定是"遂迷，不复得路"了。

这阳光给我的第三个意外，也是在去观音桥镇的途中。鼎鼎大名的金川河谷，在明快的阳光普照下，已燃烧起了最时尚的焦糖色。这全世界唯一的高原雪梨产区，百余里成林的有上百年历史的梨树，早已抛却了羞涩的洁白，在流蜜的夏果坠落枝头，成为众生强健身体的必备之品后，宣告它要唱一首金色之歌：歌颂秋天，歌颂丰收，以这样的仪式感，为一个伟大的季节画上句号，同时，也为并不太长的冬日拉开序幕。

登上德胜世外梨园观景台，两年前在丹巴甲居藏寨观景台上之所见瞬间浮现脑海，那是盛大的藏乡梨花节。大渡河在山下逶迤远去，层层叠叠的梨花顺着起伏的山脉绵亘几十上百公里，清新秀丽，蔚为壮观。当时我以为，如此漫山遍野的梨花当属川西第一吧。结果，在德胜咯尔村落的最佳观景处，我领略了什么叫四万亩梨树在大金川河谷向天边蔓延的意蕴，即若没有周围的高山，真的是"梨花"远上白云间啊！这种意外的幸运突然降临，我都想与梨树一同高歌了，只是我暂不歌颂秋天和丰收，却迫不及待地要歌颂这川西高原竟有如此秘境，令登高望远的我身披金阳，思接千载了。

这焦糖色的金川之秋，既不是火红，也不是明黄，它是由雪梨树叶齐聚而成的又一道独特风景。那春天的洁白裙裾都换上了喜庆而富贵的深秋盛装，或成林成片，或星星点点。在河谷的中心偏左处，圆形的山丘高出地面，且全被梨树林包裹，成了整个画面中颜色最重的地方，令这幅油画大作既布局合理，又浓淡相宜，真是神来之笔啊！

阳光，我们在哪里没见过阳光？东南西北，太阳天天升起又降落。不过，在川西这片全世界唯一一个立体气候带上，阳光的魔力尤显尊贵和独特。它使这里成了珍稀动植物的天堂，也成了藏族、羌族世世代代生存、发展的乐园。当然，更成了国人的骄傲和自豪。而我，在这短暂的旅行中，却感到了川西阳光给予我的几个意外。因此，阳光崇拜不说远了，至少成了我的精神图腾，它将来还会带给我更多的来自风景和心灵的意外。

再次将思绪拉回到纳勒山观音庙前那抹金色的晨光里，一种朝圣般的感情油然而生！

除夕：水鼓与部落

除夕，是春节的核心，是家家户户团圆的节日，也是永远不会改变的中国民间风俗。但随着时代的纵向发展和横向交流，越来越多的人在悄悄地改变着除夕于自己家团圆的习俗。

当四川成都的隆冬以"刺骨杀"的形式出现时，奋力地逃遁以寻找太阳的抚慰，便成了我们跨越地界迎接早春的最佳且最兴奋的选择。于是，春节留给了家，家中的我们却去了远方。

中国与缅甸的边界城市云南芒市，在距成都一千二百多公里的地方温暖着它的温暖，欢笑着它的欢笑，幸福着它的幸福。我们自驾到达的那天，虽遇小小的降温，但正午轰轰烈烈的太阳，让人们感到春天已被浓缩，初夏正疾步走来。

旅居芒市近两个月的朋友林告诉我，来边境城市芒市，一定要参观全国唯一一个德昂族聚居地——三台山乡的出冬瓜村（出冬瓜村的确盛产冬瓜）。它是国家级非物质文化遗产水鼓之乡，可以拜访省级非遗传承人李三所。林的推荐让我兴奋不已，恨不能立即插上翅膀飞进出冬瓜村。

很快，我便与非遗传承人李三所通过电话联系上并加了好友。他在聊天软件中用语音留言："我不识字，聊天软件也玩得不老练，很多东西还要别人帮忙。"于是，我不再打字，用语音说，我需要一个他的定位。不一会儿，他请人帮忙发来了定位。

除夕早上，出冬瓜村雨后初霁。我们驾车走村串寨，耳边总是响起那首歌："村村寨寨，打起鼓敲起锣，阿佤唱新歌。"又总是告诫自己：今天不是去见阿佤族，而是去见德昂族。如今仅剩两万多人的德昂族，除了散居在云南的其他地方外，主要就集中居住在这个出冬瓜村了。

道路弯弯曲曲，上缓坡，下弯路，一块立于路边的巨石上鲜明地刻着"水鼓之乡"几个红色大字——李三所的家到了。

李三所五十多岁，个头中等，微微发福。他一边接我的电话，一边向正给他打电话的我招手。我小跑上前笑着说道："李老师好！我听林老师介绍了你，你的水鼓敲得好哦，我们自驾一千多公里，就是来听你敲鼓的。"他圆圆而略黑的脸笑开了花，说"敲得不好，敲得不好。你们那么远赶来听我敲鼓，谢谢谢谢！"李老师用带地方口音的普通话客气地说。

他四十多岁开始跟水鼓传承人李那布（音译）学技艺。原因很简单，李那布年龄大了，自己的儿子只学制作鼓，不愿学敲鼓，他的技艺面临失传。于是，李那布招收德昂族愿意继承这门技艺的人，李三所和村里的李二金便主动上门拜师学艺了。九年后，两位成功出师，获得了非遗传承人称号，并在德昂族的各大节日里担纲主演，赢来喝彩一片，风光无限。

李老师端来刚沏好的自制发酵茶——汤色微黄的酸茶（村里人家家都制作这种茶），邀我们坐下，并慢条斯理地用口述的方式讲起水鼓来历的神话传说。他的表情和神态认真而憨厚，但因口音的缘故，我们听得比较费劲。不过，凭借生活阅历和对神话传说的基本把握，我们也能猜准他要表达的意思。

"远古时代，德昂族王子在战争中被打败，从龙陵跳江逃生……"他就这样一字一句地讲着。而他要传达的这个故事概括如下：王子在水路逃生中，一直抱着一根圆木，直到圆木托着他漂上岸边。上岸后，他修房、劳作，以狩猎为生。一次，他打死一只老虎，将皮剥下，晾晒在屋外。夜幕降临，他在熟睡中被很有节奏且沉闷的咚咚咚声惊醒。出门一看，这声音来自雨打虎皮。于是王子灵机一动，用救他命的圆木做鼓身，掏空圆木，并在它的两头绷上虎皮，在圆木上掏几个小圆洞，将适量的水注入，这样用双手击打两头的虎皮鼓面，便发出深沉而悠远的响声。从此，这种被称为水鼓的打击乐器便成了古老部落集会、议事等集体活动的号令，伴随着德昂族人从古至今，祖祖辈辈，生生死死。当然，在现代文明的今天，部落逐渐消失，德昂族水鼓也同许多民族所拥有的鼓一样，功能性不再被人记得，但古老而独特的艺术性却被高调地突显，敲水鼓成为节假日必须展现的节目。

聊天到此，李老师诚恳地补充说："你们等等，我回去换件衣服。"我们几人正纳闷，他已换了一身民族服装出来了：对襟阴丹士林上衣，白色的衣领周围悬垂着红绿黄三色小绒球，深色长裤，头上扎了一个类似羊肚儿的毛巾，只不过疙瘩不系在额头正中，而是系在额头左侧，整体形象可爱极了。这种原始部落特有的鲜艳着装，在他家古老的干栏式建筑前（后面还有新修的两层楼现代建筑）闪耀了我的眼睛。

一只红色的百年水鼓被斜挎在那件阴丹士林对襟上，鲜艳夺目。白色的头巾随着李老师回头一甩，有了灵动的风采。他在自家的院落里，在除夕的上午，为我们表演了一段敲水鼓。左右手击打牛皮鼓面的两头，轻重缓急，韵味十足。时而旋转，时而下蹲，时而侧身，水鼓就随着这些动作有节奏地、低沉地、激烈地鸣响着。这样的鸣响比任何的鞭炮声都更美，也更有魔力，可以驱邪祈福，它将除夕德昂族出冬瓜村人及游客的兴奋推向了极致！

表演完水鼓的基本招式后，他又加了一个水鼓舞"飞马奔天"，一边用右手敲打鼓面，一边向上腾跃。我想，他若再年轻十岁，可能真有飞天的感觉了。除此，他还讲了"万马奔腾""猛虎下山"等名目繁多的水鼓舞。听他讲得如此活灵活现，我彻底陶醉了。讲完这些，他又从屋里拿来镲和铓，分别表演了一下，说这两样打击乐器都是水鼓的陪衬，在族人重大的节日和活动中，鼓、镲、铓声率先出场，先声夺人，后面紧跟着狂欢的人群。（除夕之夜，我已离开了出冬瓜村，而李老师发来了他们夜晚狂欢的视频。简易的舞台上，水鼓的传承人男男女女围成圈，跳起了水鼓舞。看完视频，我感觉我比坐在下面边吃零食边看表演的人更能理解水鼓舞的精髓，因为，白天的李三所是优秀的讲解员，而我是努力听懂的学生。）

中午时分，我想，李老师既然开有农家乐，就在他家点几个菜吧。结果，他说早安排好了，要我们跟他去村里一位曾经的小学老师家吃团圆饭。我说："太好了，不过我们要付钱。"他摇摇头说，只需要在路边小卖部带点儿礼品去就行了。

随李老师步行，先上坡再下坡，曾经的泥土路变成了两车道的乡村公路。李老师用手一指说："左边那个搭了一个顶棚的，就是邵老师家了。"四周大多是村民们自建的两层楼小洋房，邵老师的家藏在其中，多少显得有些寒碜。

我们快步走进了大棚，几十个人在那里说说笑笑，甚是快乐。一座也算新的平房出现在眼前，看上去也不寒碜，只是没有别家的两层楼罢了。右手边，几人正在处理刚杀的猪；左手和正中部分依次摆放了三张虽矮却大的圆桌，小木凳将圆桌围了一圈。李老师招呼邵老师及妻子过来与我们相认。

当邵老师两口子来到我们面前时，我有些吃惊：夫妇俩个头矮小，约一米四。在握手言笑时，两人均露出黑色牙齿，有点儿吓人。再仔细观察，邵老师着现代服装，他的妻子身穿德昂民族盛装，黑色短衣，高腰条纹筒裙。最亮眼的是，胸前一个大方块银牌纽扣，双耳挂着两只大大的银耳环，光亮洁白，富态端庄。望着她黑布包头的耳边没有露出头发，只有修剪过的发根，我有些纳闷，后查资料才知：德昂族妇女均是剃光了头后，用黑布包裹。

　　再次看看摆在泥土上的三张矮小圆桌和来来回回穿梭的乡亲们，我脑海里突然闪出一个念头：部落，在除夕这天，我似乎一不小心进入了部落的领地。这是时光的错乱，还是我明明白白地参与？窃喜！这样的深度游令人着魔。正想到此，一只较粗糙的小手轻轻拉了一下我的左手，我心里又一惊，有些恐慌。结果侧头一看，邵老师的妻子正笑眯眯地看着我，要我与他们一同烤火。我有些释怀，遂与他们一起围着火堆烤了起来。

　　"邵老师，听说你是教书的，你当年教的哪一科呢？"我认真地发问。刚才对我们极友好的他，此时用怪异的眼神看着我，爱搭不理地答："教土。""什么？没听懂呢。"我发出疑问。李老师悄声地对我说："他开玩笑的。"这下我明白了，这位德昂乡村教师虽已六七十岁了，但个性未改，顽皮仍在。他看着我狐疑的眼神，拿起地上一块小尖石在黄色木板上工工整整写了一个"土"字。哦，教土，就是教学生耕田锄地，插秧种菜嘛。这是他略带情绪的话语，他世世代代都是德昂族农民，除了修理地球，还要教学生算数识字，也是当地牛人啊！若说李老师的牛，是传承了非遗技艺；那邵老师的牛，是乡村有个性有影响力的文化人，他用极简洁的语言将自己的形象勾勒出来。正如客人中一位倒插门在此地的四川青年告诉我："邵老师在出冬瓜村很有威望，虽不是村主任，也不是书记，但乡间很多事情都要他拿个意见，很多纠纷都要请他出面解决。"

吃团圆饭了，邵老师要我们和他坐一桌，这也许是他作为一家之主给我们的最高礼遇吧。九斗碗端上桌，其中八碗都与我们平时吃的大同小异，但置于饭桌中间的一小盆生猪肉末，上覆除腥味的芫荽、芹菜、小米辣，着实令我无法下筷。

邵老师喝酒了，越喝话越多，表情和态度又回到了开始时的和蔼、友好。看来，他是一位不说假话、不看脸色的文化人，活在自己坦诚的个性中，非但活得津津有味，且还备受部落群体的尊重。我看他喝得酒酣耳热，顺势开起了玩笑："邵老师，你的妻子年轻时肯定很漂亮，现在都这么端庄。"没想到他当仁不让地说："不漂亮我怎么会娶她？"说完恨恨地看了我一眼。桌上的人听他这么一说，都大笑起来，他则更加得意了。得意之余，他哼了一句邓丽君的《美酒加咖啡》，于是我起了个头："美酒加咖啡。"他一听，立即竖起耳朵，并用手舞动起来，等我一停，立马接上："一杯接一杯。"唱完，便很陶醉地喝了一口。我说："邵老师喝得太开心了！"他回答："咋能不开心嘛，我孙儿刚娶了媳妇儿，今年我还要嫁孙女。"我们大家听到这里，举杯向他表示祝贺。

烤肉端上来了，这是我吃过的最香的烤肉。我说："邵老师，年猪一般腊月中旬杀，你们怎么今天杀呢？"他说："今天杀的不是年猪，是迎客猪，欢迎亲朋好友的到来。今天，你们来我家吃团年饭，就应了那句话'有缘千里来相会'嘛！"邵老师太会说话了，言谈举止透着机敏与俏皮。说话间，拥来一群年轻人，他们是邵老师的后生及后生的朋友。这些在现代文明中长大的后生们，与村里的老辈人比起来截然不同，他们完全不像农民，更像城里人了。邵老师漂亮的孙儿媳妇看到我爱吃他家的烤肉，叫我随她到房子后院去。来到后院，两盆钢炭火上放上烤架，码好的五花肉就在上面发出嗞嗞的肉香味，令人幸福无比。我对着她点赞，她开心而热情地对我说："欢迎你们到我家去玩。你们顺着门前的小路步行十几分钟，看到一大片菠萝地，就到我家了。"我表示感谢，心里想：她可能是种植菠萝的能手吧，这一大家子真是能干到家了！

这一群在现代文明中长大的帅哥靓妹们，惊醒了我走进部落的梦。其实，这早已不是什么部落了，只是村里的老人们还保留着古老的生活习惯、习俗，给外来者误入部落的错觉。想想，能唱出邓丽君《美酒加咖啡》的邵老师，早就沐浴过港台之风了。

虽然我在自己家里改变了除夕待家大团圆的风俗，但又跑到一千多公里外参加到邵老师家的大团圆中。所以啊，只要是中国人，除夕，不管你走到哪里，绕不开的都是"团圆"二字。和家人团圆，和亲朋好友团圆，和不相识却有缘的人们团圆，缘来缘去，今夕复何夕！

据当地人说，村里的寺庙值得参观，村里的红木树值得欣赏，但我对这些已无兴趣。因为，我走进了德昂族李老师和邵老师的家，深度的交谈和部落似的体验已让我收获满满。可不可以这样说：我为申遗成功后的第一个"春节"交上了一份美妙的旅行答卷。

第二辑

风物细思量

林盘，你在哪儿

这个夏天，每当太阳西斜，我总是在川西坝子那些田园牧歌般的村落里游荡。都市的潮热久挥不去，乡间的凉爽足以让人心胸开阔，如脱笼之鹄。

暴雨后的天空，晚霞满天，落日良田。在金温江金马河附近的鲁家滩某湿地，原木栈桥架于湿地之上，蜿蜒曲折，连接两岸，如灵动的游龙承载着信步的游人，又似抛物线凌空而起，然后轻轻跌落水面，以它随意的姿态迎接从不同地方拥来的男女老少。

我在这桥上由慢步到疾走，心情从平静到兴奋。因为桥的左手边，落霞映入湖水，水鸟欢歌，白鹭翔集，锦鳞游弋；右手边则有西洋画的感觉，只是湖边晚霞处没有冒出巴洛克式和哥特式的建筑屋顶，否则，真会疑心自己置身于英伦白金汉宫后面的詹姆斯花园。驻足桥中心，左看右看，欣喜连连。

某日，又到了金温江江安河三支渠以南的"幸福田园"。幸福这个词如今在地名里出现的频率较高，什么"幸福里""幸福村"等，这应该是城乡一体化时代留下的烙印。而这个核心区域占地一千四百亩的大村落，就美其名曰"幸福田园"。以花木栽培为主要经济来源的此地，拆院并院，中式多层楼房比比皆是。最令人惊喜的是，从江安河引来的活水贯穿村落，野鸭在芦苇丛中结伴而行，谨小慎微；家鸭不惧游人，拖着肥硕的身体在水边嘎嘎而过。凉风徐徐，扬起游人的头发。不远处水中央的茅草亭，颇有青梅煮酒般的古韵。蝌蚪们则在水中快乐地沉浮。

而郫都区柏条河畔的战旗村，村民除了操劳于农事，还办起了自己的集体企业砖厂。这令人想起了热播的电视剧《大江大河》里雷东宝所做的一系列事情。这里依街两边而建的两层楼，白墙黛瓦，在各种杂树的掩映中显得既古老又新颖。

以上无论湿地也好，村落也罢，都美不胜收，令人叫绝。但是多去几次，细细品味，就会发现它们似乎缺失了一些东西。我的林盘呢？川西林盘是川西乡村特有的一种院落模式，它有别于北方院落的硬，江南院落的秀，它是最朴实、自然的写意，是将林、田、水、宅、人融为一体，中心为住宅，四周竹木环绕，门前还有良田美池，甚至滚滚大河。

在鲁家滩湿地，我联想到了西洋，在幸福田园，我看到了拆院并院后的密集小楼，在战旗村，我仿佛误入了徽派乡村……我要寻找星罗棋布点缀于河边，散落在平坝深处的林盘人家。

我的林盘，你在哪儿？

小时候，我的林盘就是外婆的龙家湾。龙家湾靠近成都杜甫草堂后门，处于成都西郊，那一汪宽阔的河水就是所谓的干河。记得几乎每个周日，父母都要带我去外婆家。当时，成都人烟稀少，我们从市中心或骑车或步行到龙家湾。进入送仙桥一带时，已几乎看不到什么人了，唯有干河就在你身边热闹地奔腾，有点风急浪高的意思。走着走着，父亲有时要做几个跌入河里的动作，吓得我大叫，于是他看着我，满足地开怀大笑起来。20世纪70年代的生存环境，大人们只有和孩子们在一起的时候,才能偷偷地放松,偷偷地乐一乐。

外婆的家离河边不远,窄窄的乡间小道,两边种了一些蔬菜。我开始在小道上疾速飞奔,因为我已看到外婆所在的林盘了。高大的凤尾竹顶端柔韧地垂下,像凤凰飘逸的尾巴,在蜀犬吠日的阴郁的天空下随风摇曳,有些凄美,以至于后来,我无论到哪里,只要听到竹叶与竹叶相互摩擦的嚓嚓声后,整个背脊就发麻,大脑就会生出忧郁二字。凤尾竹将外婆的家包围了一圈,这里没有什么院落大门,两根竹子拱成的门洞就是外婆她们进出的门。入得院内,初夏的指甲花植于外婆的窗下,正粉嫩嫩地盛开。

这栋平层青瓦房,灰砖墙砌了墙体的三分之一,剩余三分之二是巨大的分格玻璃窗,颇具"民国"建筑的味道。中间为堂屋,两边各套了几间房子,占地面积约四百平方米。由于外公过世较早,作为小学教师的外婆就随我母亲到了成都。母亲筹了一些款,买了这栋大房子的堂屋左边的三间套房,供外婆和她的儿女居住。所以她们并不是土生土长的当地农民,而是误入农民队伍的城市居民。中华人民共和国成立初期,很多新政策还没有出台,房子是可以买卖的,当然,后来就不行了。

外婆看见我们的到来,总是非常高兴。随着孩子们的长大,一个个都像鸟儿一样飞走了。由于当时生存环境的一些特殊因素,外婆最小的女儿成绩虽好却未被大学录取,而二儿子下乡当知青,也因为诸多因素,扎根乡下一辈子了。

外婆话很少,与我们寒暄后就到厨房忙碌去了。母亲去帮厨,父亲看报,我打开收音机听当时正热播的《火红的年代》。著名演员于洋青铜般的音色在耳边回荡,听着听着,我就睡着了。等母亲喊我醒来,饭菜已摆上了桌。吃饭时,外婆照例话少,只是看着我笑。她当时才六十岁左右,眼神呆滞,面容苍老,只有看着我们一家子时才变得有些活泛和年轻。饭后稍事休息,我们就离开了,又抛下外婆孤独一人守着这座林盘。

稍大点儿,我的林盘就是二舅这个扎根乡下一辈子的男儿的家。

外婆六十六岁就过世了,她的坟茔安放在二舅所在温江的农村的家。无论风吹雨打,酷暑严寒,他忠实地守候,外婆的在天之灵终得安息。

那年,已是改革开放以后了。清明期间,我们这些后辈们邀邀约约前往二舅家去给外婆上坟。仍然是走过泥泞的乡间小道,远远望去,川西坝子林盘散落,东一座西一座,南一座北一座,一派田园牧歌般的宁静、惬意。老牛在不远处发出哞哞之声,鸡鸣犬吠,此起彼伏。外婆的林盘门前是一条大河,二舅的林盘门前则是一条自流灌溉渠,在春天的4月,一路汩汩奔涌。

照样是没有院门,林盘的缺口处就是进进出出的自然通道。进入通道,简陋的一字形平房出现于眼前,黄泥土墙,上盖厚实的茅草屋顶,门边放着锄头、犁耙等农具,外墙上挂了一些簸箕之类的东西。二舅的二儿子出来迎接我们了,二十来岁的他仿佛来自繁华的上海滩,时尚而帅气。大家高兴地相认、寒暄,笑声在这座略显寒酸的林盘上空回荡。

端来了,端来了,二舅和二舅妈挂着一脸的笑容,给大家端来了热气腾腾的荷包蛋,每人碗里卧了四枚都是自家鸡生的纯土鸡蛋。上面撒满亮晶晶的白糖,一进嘴里,甜、鲜、糯、香,而淡淡的鸡圈味与环合四周的竹子的清香味结合,极得"故人具鸡黍,邀我至田家"的情趣。没想到4月的乡村林盘这么美,虽然穷了一些,但其原始、古朴、自然、宁静的风格,构成了我心中那幅川西林盘四处散落、沟渠纵横、炊烟袅袅、鸡犬之声相闻的特有景象。

　　准备祭奠外婆了。大家到二舅家后院，一座矮矮的坟茔特别惹眼。我们有些敬畏，也有些眷恋地站在坟前三鞠躬，空气变得凝重。过后，父母辈们谈着迁坟的事，我们晚辈便带着自己的孩子在空旷的田野疯跑、玩乐去了。

　　这就是深烙我心中的川西林盘。无论都市的霓虹有多么闪烁，都市的人流有多么浩荡，我的那片川西林盘总在心中萦绕，给予我在都市奋斗的力量和奋斗之余的慰藉。

　　当然，外婆的林盘早已消失，以别墅群代之；二舅的林盘也在去年因修公路而拆迁，只不过，拆迁的时候，他们早已推掉了土墙，盖起了两层楼房。

　　在川西坝子走过一整个夏天，在金桂飘香的某个黄昏，我在温江"原乡和林"偶遇了那座川西林盘。据说，它是鱼凫农耕文化的发祥地。极目远眺，座座林盘自成一体，保护完好，只是土墙草屋都变成了两三层的砖瓦楼房。全村三百多户人家，各自的祖祖辈辈就在各自的林盘里生根、发芽、开花、结果。夕阳西下，田地里总有三三两两的农民坐在小木凳上埋头种蒜瓣，一打听，这就是明年3月将收割的蒜薹。

　　期待明年3月，期待吃上这川西林盘的农人种植的天下最香的蒜薹。

给春天盖个章

我拿着一枚印章,一枚来自故宫的圆形印章。印章的下半圆雕刻着牡丹、山石、喜鹊;上半圆雕刻着梅花朵朵,中间一个大大的行书字:"春"。

早在春节时,大地就开启了暖洋洋的模式。而惊蛰之后,万物萌动,百虫苏醒,油菜花率先舞动金色的旗帜,仿佛在宽阔而平坦的原野上齐呼:"春来了!"

我与油菜花

春来了。我带着这枚印章,追寻着它的步伐,不舍昼夜地东游西荡,一会儿是高山湖泊,一会儿是河流坝子。这不,川西坝子,漫天的苦香,在天空和大地间荡漾,使人的嗅觉变得迟钝,除了这特有的油菜花香外,就再也闻不到其他味道了。

民以食为天。上溯远古,下至当代,"食为天"是众生永远的"放不下"。而各种可食植物开的花,尤其油菜花,是川西坝子最早、最朴拙、最亮丽的风景。它没有牡丹的高贵，没有玉兰的圣洁，没有樱花的娇嫩，但它却是来自土地的第一声春天的问候，与春雨无关，却比春雨更珍贵。

人们出发了，在湛蓝的天空下，金黄的油菜花前，笑看无边的油菜花海，静听蜂蝶追逐的声响，陶醉于丰收的喜悦，神游于天地之外。

这也许是大家最原始、最本能的对土地、对农事、对自然的爱。不矫情，不夸张，自发而隆重地参加不是节日的油菜花节，借以表达对"食为天"的顶礼膜拜。

膜拜。拿出那枚"春"的印章，在远山叠翠、油菜花飘香的天然画屏上潇洒地一盖，一幅春天的美图诞生了。

如果说油菜花是乡间朴实的农人，那桃花就是天上的仙女。生活不仅需要下里巴人，也需要阳春白雪。我们其实无意寻找桃花，因为年年桃红，年年花开，年年欣赏。但是，假设在漫天星空下欣赏桃花，那又是怎样一番景象呢？

无心赏花花已盛，桃红朵朵树成林。我们在近郊晒了一天的太阳，喝了一天的茶。在返程途中，竟偶遇一道人造小山谷。月亮深藏不露，些许星星点缀夜空，倦怠已使我们无暇顾及夜的深邃。可是，雪亮的车灯在山谷间扫过时，啊！巨大而意外的惊喜令疲乏顿消——这不是我们最爱的桃花吗？怎么会在这里遇见它呢？车速缓慢下来，车灯扫过的地方已是"夹岸数百步，中无杂树，芳草鲜美，落英缤纷"。

"复前行，欲穷其林。"我们试着把车灯关掉，看夜幕下的桃花是不是也那么惊艳。结果，没有月光的夜晚，人造山谷尽管充满了静谧和野趣，但桃红早已暗淡，与黑暗而空阔的世界融为一体。无趣！那娇美的花瓣，粉红的色泽，只能在想象中看到了。

还是打开车灯吧，让它直线般的光亮和山谷里通透、干净的空气结合，你会看到夜幕下的灼灼桃花别样的美。

车下的路弯弯曲曲，起起伏伏，两边的桃树粗矮、壮硕。桃花挂满所有蓬开的枝头，远望去，一树一团火。夹道旁的桃花像两队整齐的火把，从近处一直拥到天边。这是夜行的队伍，黑红两色，红成为夜的路标，似乎有撕开黑夜，直接去拥抱启明星的冲动。

下车，我们在车灯照射下近距离欣赏桃花，它们的笑脸向着黑夜，背影却在灯光下熠熠生辉，娇美到了极点。

我在有意无意间完成了一次夜游桃花谷，夜赏桃花的浪漫体验。

"林尽水源，便得一山。"在桃花谷的尽头，我们并未发现水源，也未看到什么山。因为这是真实的风景，并非陶渊明虚构的版本。

后来才知，这是近郊温江区构建的以鲁家滩为起点建设的六十五公里北林绿道环线，而桃花谷就是这条环线上的明珠。

于是，我又一次拿出印章，在夜的桃林间深深一盖，留下了最独特也最有趣的桃花纪念图。

至于真正的春色，也许我们并没有找到。是前面看到的油菜花和桃花吗？应该是，也应该不是。真正的春天究竟在哪里？

在森林里。当宽阔无边的森林苏醒过来后，晨起的阳光照进林间，百鸟齐鸣，万兽欢呼。动植物的世界涌进了一股股春潮，这春潮不是溪流，而是春天新发的嫩芽。所有的嫩芽在森林里集结，晕染出一大片一大片苍翠之色，像潮水般奔来眼底，令人由衷地理解吐故纳新之意，一切尽在蓬勃地生长中。

绿，才是真正的春色。虽然它低调而普通，但没有它，就衬托不出鲜花之美；虽然它低调而普通，但没有它，大地就不会有持久的令人舒心的深度的绿；虽然它低调而普通，但没有它，地球就失去了最具有生命力的肺。绿，是人类赖以生存的基础，它才是真正的春色，即生命的底色。

春天就在这里，平静的春潮，风吹树摇。油菜花和桃花恰似春潮里的朵朵浪花，而苍翠的新绿才是不疾不徐、缓缓流动的春天。

春潮扑面而来，赶走我们的疲惫，掀起我们的头发，吹开我们的心灵，万般惬意尽在不言中。

我再一次举起那枚来自故宫的印章，郑重地向着流动的春潮盖上去。瞬间，印章上的画眉扑啦啦飞出来了，左一只，右一只，上一只，下一只，竟欢快地在天空中逍遥自在地飞翔。渐渐地，它们仿佛又幻化成张张明信片，寄向四面八方的亲朋好友、同事伙伴。

给春天盖个章。我们就在这无休无止的"追春"和"盖章"行动中融化、奔跑，直到春老。

桃花会

桃花总是与农人相连，有诗云"山上层层桃李花，云间烟火是人家"。这烟火人家无疑就是生活在山间的农人。对于我们成都郊外的农人来说，桃花一点儿都不稀奇，屋前院后种植"桃红李白"再自然不过了。花开便是春播的消息，花落便是祭扫的时间到了，在说春天时，都想夏天。初夏时节硕果累累，或自家享用，或拿到集市去售卖，甜蜜的桃子和香脆的李子大饱了众生的口福。

世世代代农人就这样伴随着桃李的芬芳，拉开了春天的序幕，他们在春天的桃园松松土，浇浇水，也许并未意识到这已经看起来很美，他们顾了这头又顾那头，浇罢水又去犁田除草，忙忙碌碌的春天是充满希望的平静和沉着。但是，在文人眼里，农人在桃园里生活，在桃园里劳作，简直就是一幅幅天仙图，他们这样吟诵："竹外桃花三两枝，春江水暖鸭先知。""兰溪三日桃花雨，半夜鲤鱼来上滩。""山桃红花满上头，蜀江春水拍山流。""百亩庭中半是苔，桃花尽净菜花开。"这正如罗中立的油画《父亲》，那刀凿斧砍的脸本是关于苦难的，但在画家的笔下，则是一幅关于沧桑的优美的画。农人并未意识到桃园的劳作有什么诗意，但文人们用蓬勃的热爱和神来之笔描绘了这种生活，精彩了这种生活，升华了这种生活，成为千古绝唱，留给后人无穷无尽的想象和身临其境的感受。

若说上面提到的三月是属于古代文人的，那今天的文人面对暖风熏人的三月又该拿出怎样的姿态呢？

文化在传承，文学在传承，文人也在传承。

我们一行八人意欲斩断"桃之夭夭"诱惑的最好办法，就是马上出发。于是，大家仿佛都插上了翅膀，快速飞到了桃花盛开的地方——简阳贾家（桃树已成为支柱产业）。

那边，三岔湖碧波荡漾，水色青绿。临湖的桃花如祥云飘浮，灼灼其华。花之形若龙蛇之舞，在皱褶的春水中千变万化，意欲飞腾。几年了，我们从未像今天这样与桃花坦然相拥、尽情开怀，总是躲躲闪闪，紧紧张张。终于，我们可以如脱笼之鹄，激情漫游了。

桃花语："这几年，你们很少来看我，是俗务缠身，还是去寻觅远方了？"

文人答："既无俗务，也无远方。我们在强健身体，积聚力量。"

桃花语："哦，难怪今天看到你们个个强健，心情舒朗。其实，虽然在古代文人的笔下，我们除了与农人、农事相关，还是爱情、婚姻，以及一切美好事物的象征。当然，偶尔也有轻薄之意象，但我们还有另一层深意，那就是极强的生命力。这不，去冬今春，干旱少雨，我们不是仍然在三月准时绽放了吗？无论土壤怎样贫瘠，环境怎样恶劣，我们都会在水边、山野间顽强地生长，该发芽发芽，该开花开花，该结果结果，并不需要取悦于谁，并不需要讨好于谁，只是让生命本真自然、朴实地恣意怒放。当众生能听到我们怒放的声音时，便是我们最幸福、愉悦的时刻。今天，你们终于来到了我们身边，我们要用优美的舞姿热烈地欢迎你们，并说一声'春天万岁'。"

文人说："太感动了。我们其实总走不出古人关于桃花的意象，今天得你桃花一语，颇有醍醐灌顶之感，对桃花的理解可以有新的突破了。同时，你们极强的生命力也妥妥地成了我们走出至暗时刻最醒目的路标。"

这边，东山之上，桃花依着山势向上蔓延，仿佛一片巨大而柔软的红霞飘落人间。我们个个手握着"红霞"往上奔跑，当"红霞"穿过指缝散落一地之时，才发现它红得金光闪闪，脚下仿佛铺就了一条红中带金、金中带红的路。

朋友的头上好像戴了两朵桃花，她却并无知觉，只顾在花的海洋里巧笑。当我们告诉她花落头顶时，她红扑扑的脸蛋儿乐开了花，吟诵道："你站在花下看桃花，桃花落在头上看你。"天啊，朋友将卞之琳的诗化用得如此巧妙！

另一位朋友听到这妙语也灵感大发，说道："我们不需要写诗，大地就是最美的诗行，用脚步来体悟，用心灵来阅读；我们也需要写诗，眼前的桃花就是大地的诗神，我拜倒在它的脚下，与它交流，与它共情，诗行便在笔下轻轻流出。"说完，朋友已在桃花丛中自言自语，并翩翩起舞了。

第三位朋友更是突发奇想。他说："老天，请赐我轻功，我要腾飞在这灼灼桃花之上，来一段侠骨柔肠。"这位朋友说话比较夸张，但出口成诗，且与众不同，逗得大家笑声不断。

桃花看着这几位出口成诗的人儿说道："你们真好，既不摇我的树干，也不摘我的花朵，只顾在树下轻言细语，笑声朗朗。的确是我多年未见的老朋友了。"

我回答道："是啊，刚才在湖边，我们还聊了那么久，真是三生有幸啊。其实，桃花除了你说的有极强的生命力外，它还非常乐观和富有奉献精神呢。"

"怎么讲呢？"桃花问。

我说:"桃花不管遇到什么,每年三月总是展露红红的笑脸,感天动地,更感染众生。而五六月,她又捧出万千仙桃,以飨天下之人。这些难道不能说明它的乐观与奉献吗?"

桃花笑着回答:"恰如你所说,桃花真的是拥有乐观而奉献的一生啊。"

就这样,我们这群说老不老、说少不少的人,在桃花盛开的湖水边和山坡上恣意地游玩,真情地交谈,直到日落西山。

古人曾这样写过中原的三月:"三月三日天气新,长安水边多丽人。"那我们应怎样写今天的西南成都呢?可否说"三月三日天气新,桃花树下多丽人"呢?丽人、文人、天下人都争先恐后地赶桃花会去了。桃花在都市人眼中,成了春天的第一张名片,第一个代言;在农人的眼中,它是收获梦想的起点,是迈向明天的天梯;而在我们一行八人看来,遇见了桃花,就遇见了青春,不要说被青春撞了一下腰,那似乎显得有些俗。不过,至少可以这样说:花有重开日,人可再"少年"。

让我们带着"少年"般的心态,去品味桃花更新颖、更丰富的内涵吧。

从望乡台出发

暮春时节，金顺长江而下，终于到达长江边的城市丰都，在名山鬼城，挤上了望乡台。

在金看来，必须挤上鬼城望乡台，因为它矗立于江边的绝佳位置，可凭栏远眺"不尽长江滚滚来"，还可乘奔御风，到达自己想去的地方。

来了，来了，金来到著名的码头城市——重庆。长江将重庆切割成几块，南岸弹子石，曾经的开埠码头和日本租界所在地，现在是怎样一番情景呢？妻子钟就出生在这里。

怎么找不到了呢？是这里嘛，江对岸乃朝天门码头，所处位置正是南岸弹子石回水湾王家沱。踩踩脚下的土地，回望身后的王家大院，花岗石或大理石地面，高耸的现代仿古建筑，精美绝伦，高贵无比，但"民国"时期王家沱那特有的烟火气和街头巷尾的各种吆喝声，则消失得无影无踪，代之以外来移民的各色餐厅、饭店和车水马龙，留给城市的特有的喧嚣。闷热，轰响，烦躁，小鸟扇动翅膀的声音听不见了，到处高楼林立，呈现一派紧张、繁忙的景象。

妻子钟说，自己曾住在这里的汪家大院，但金左找右找，东问西问，哪儿有什么汪家大院，王家、孙家、夏家大院和青阳公馆，乃是这里著名的四家大院，汪家大院要么压根儿就没有，要么是妻子的笔误，将"王"笔误为"汪"，或者干脆就是有意笔误。因为据金考查，王家大院的著名盐商王信文，其妻也姓钟。妻子钟的父亲生前曾在此处的火柴厂当工人，而在王家沱成立的"森昌泰洋火公司"（即火柴厂）是近代重庆乃至西南第一家民族资本企业（"民国"初期乃至以前，国人造不出火柴，都依靠进口。因此，当时王家沱的这家火柴厂应该说是拉开了重庆近代工业的序幕，其意义不可谓不深远），她又与王家大院王老板的妻子同姓。因此，她极有可能与王信文的妻子沾亲带故，她们家也极有可能在王家大院租房居住。若真是这样，妻子为什么要有意笔误，那就不得而知了。

继续游逛，按照和妻子相亲的路线，金来到了从空中俯瞰县城水系形同"永"字的永川。永川双凤场距县城有几十公里远，那年钟和她母亲从重庆步行三天到达这里，也是够辛苦的了。不过，当时交通不便利，像这样步行去远方也是家常便饭，金自己也曾这样从三台步行去成都参加高师的考试。

找到双凤场了，但昔日的影子呢？只见街道两边到处都是简易的两层楼或三层楼，小青瓦房不见了。小镇上树木稀少，汽车一过，灰尘满天。长条形石板路也不见了，代之以平顺的沥青路面，这样走起来确实要舒坦一些，但少了些许悠悠的浪漫和"青砖伴瓦漆，白马踏新泥"之趣。双凤场上人不多，但大家一眼就看出，金是外来人。当金与他们的眼神相遇时，他们便知趣地将头侧向一边，仿佛刚才根本就没有细细打量过这个人。他也装着很自然的样子探问迎面走来的一位中年妇女："请问，你们双凤场在哪里赶场呢？"金这样问是因为这里无论是过去还是现在，都是重要的集市贸易地。而中年妇女答非所问："老街顺着这条路下去，走到头向左拐就到了。"其实，金更希望听到这样的答非所问，他不知道还有没有老街，但他骨子里就是要找到从前的影子。"太好了，谢谢你。"金马上回答道。

按照那位妇女所指，金很快走上了那久违的长条石板路："哇，这石板路还在啊！大概有一百多年了吧，这不得不让我的记忆再次复苏。"窄窄的石板路，两边都是木梁结构的青瓦房。各家门前时不时地冒出一些花花草草，让人感到宁静而舒缓。我和钟在媒人的介绍下，就在这条路上相认，然后漫步街头，播下相思的种子，最后终成眷属，一起走过了大半辈子。

思绪在那特有的画面里翻飞，但现实却令金有些失望，青瓦房还在，但瓦已不知了去向，单薄的木梁房屋也早已斑驳坍圮，仿佛一触即倒。罢了罢了，一百多年了，若不经常维护、维修，的确就要在这土地上烟消云散了。

再次出发，已是午夜时分。金想去涪陵，看看点易洞还在吗？省立四中还在吗？顺长江漫游，大约凌晨，到达了涪陵。涪陵的城市灯火还在未亮的天空中变幻着魔术般的色彩，忽明忽暗，冷暖色调交替出现。金心里想：这可是"民国"时代未见过的奇观啊！若倒回去一百多年，县城此时陷入一片漆黑的熟睡状态，哪来如此美妙的灯光秀啊！

赏罢灯光秀，天也快亮了，金按照指路牌一路飞奔，终于找到了那熟悉的地方——江边。一切都那么亲切，只是江对岸的楼房高低错落有致，太现代化了，仿佛置身于异域。这不是异域，这就是涪陵，身后的点易洞还在，涪陵市第十三中学（原四川省立四中）虽已搬走，但旧址还在。吹着江风，一路走来，岩石上的"奔流倒海"阴刻字虽已风化，但其气势和神韵依旧，这是对长江的吟诵；"天地文章"，这来自《菜根谭》的句子，原文更加精彩："林间松韵，石上泉声，静里听来，识天地自然鸣佩；草际烟光，水心云影，闲中观去，见乾坤最上文章。"这也是对长江的吟诵啊！长江，我们的母亲河，只要人们顺江边走过的地方，总要留下关于它的赞誉之词。

爬坡上坎，点易洞在金的右侧出现了。他激动万般，迫不及待地冲进了洞里。一切照旧，只是里面的石像、石桌不知去向。那著名的对联"洛水溯渊源，诚意正心，一代宗师推北宋；涪江流薮泽，承先启后，千秋俎豆换西川"，也风化得几乎无法辨认了。是啊，理学大师程颐曾被贬到涪陵，就在这个高4米，深2.2米，宽3.8米的人工洞穴里点注《易经》。从此，这里成了易学文化传播的重要驿站。

金看到这一切，感到无比欣慰。尽管岁月流转，时过境迁，但自己年轻时拜谒过的这个历史景观还在。更重要的是，自己曾教过书的省立四中旧址还在。现在，它搬到哪里去了已不重要，重要的是，点易洞下面那片开阔的江边之地就是它的曾经啊。当时，自己携妻到长江一带考察教育，在这里待了近一年。好熟悉好亲切的地方啊，长江之水在这里奔涌，点易洞在这里迎来送往一代又一代参观者。尽管人生须臾，但无穷的长江后浪推前浪，会将一代又一代人的思想和认知堆叠起来，托起众生向上攀越的高峰。

金有些累了、乏了，但精神一直处于兴奋状态。他从望乡台出发，顺着长江之滨走过这许多地方，而且都是自己早些年走过的地方，真是机缘巧合，令人振奋啊！尤其是涪陵，在兴建现代化楼宇的同时，也不忘保护历史文化景观，这不得不令人叹服！唯有这样，无论是这些过去式的人儿，还是那些将来式的人儿，才会找到历史、文化的根脉和渊源，才不至于在现实中迷失得太久、太远。

听说自己曾待过的重庆铜梁还可以觅得一座原汁原味的古城安居，金决定再做最后一次探访。

在琼江和涪江的交汇处，建于明末的安居古镇现身码头。啊，金来了。他来了就感叹："这就是我们小时候居住的环境啊，除了石材和水泥用得多了一些外，街道规划、布局，道观和寺庙的点缀,镇水之塔的位置都保持着从前的样子,让人惊喜连连。"当然,在金看来,这种惊喜并不是因为一切都停滞不前,回到过去的时光才好,而是看过了太多的高楼大厦,陌生感与时俱增,乡音、乡情已不知在何处寄托了。而安居古镇,仿佛一剂疗救之药,让自己一下变得轻松起来。

临江的道路旁,耸立的双层青瓦房一座挨着一座,远观密不透风,近看在主道之外小路纵横,密如蛛网,但看上去并不逼仄,却是有宽有窄,妙趣横生。高贵的紫色三角梅,如瀑布般在一座小洋楼的外墙上摇曳,引得众人争相拍照。这是古镇的活力,是历史的跳跃,是亘古不变的前世今生。

拥有九宫十八庙的道教古镇安居,其城隍庙的规模堪称一绝。在不算高却很陡的山坡上,依山而建的城隍庙里,其"双目如电"和"孽镜高悬"等匾额,如一声声炸雷响彻云霄,使包括金在内的芸芸众生在振聋发聩之时,眼睛也为之一亮,正在金大呼快哉之时,恰遇一位白衣道人走来,他头扎道髻,竟微笑着与金打招呼,侃侃而谈。

谈了些什么,金也觉得云里雾里,看来自己是到了该归去的时辰了。"从望乡台上出来云游这么久,是该归去了。在阳世,送君千里终须一别;在阴间呢,望乡台上空望乡,寂寞难耐独泪垂。回不去的故乡,见不到的亲人,这就是我的宿命。"金如此想。

在金的眼里,安居古镇让他的灵魂得到了少许安慰,因为能在古镇一百多年后的今天,还能目睹和触摸昔日的印记,实属罕见。而重庆的现代化风貌,永川的被遗忘的角落,涪陵的古今相伴相随,都令他收获满满,颇有"红了樱桃,绿了芭蕉"之味道。

金再次出发,依依不舍地回到那永远望不到乡的望乡台。

吊脚楼上那碗清汤炸酱面

暮春时节，烟雨蒙蒙。

在黔地著名的赤水河右岸，眺望左岸的丙安古镇，只见层层叠叠的吊脚楼依山傍水，淡淡雨雾洇染了全部的风景：悬空的吊脚楼，险峻的山岩，翠绿的竹树，以及乱云飞渡的天空。一切的一切，不由得让我深深感叹：这可是我小时候见过的景象啊！只是不在这黔西北，而是在从前的川东——重庆、万县（现万州区）等地。

于是，揣着莫名的兴奋，我快速跨过了赤水河上新建的大桥，顺山势而下，凹凸的条石步梯便欢快地把我送到了奔涌着红褐色河水的赤水河畔。我继续向前，想立即见到吊脚楼。走进吊脚楼，零距离触摸它，寻找从前的感觉，从前的记忆。

当我一踏上这同时也是从前的川盐古道时，才知道自己其实已很幸运了。因为曾在电影里看到的纤夫之道竟在我脚下，而且还是运送川盐等物资入黔的纤夫之道。"踏破铁鞋无觅处，得来全不费工夫"，这无意间踩中了曾经的苦难之路、辛酸之路，也是人间物流所必经的坎坷之路，能不幸运吗？虽然我没有吃过这些苦，但可在这古往今来、脚印重叠的条石路上感受此码头昔日的繁忙，昔日的风光，甚至昔日的惨烈，从而留下或许是纪念，或许是凭吊的心理感受，便是非常值得了。

继续向前，左边摩崖的出现，又一次令人兴奋。"惠及乡邻"等字刻于孤傲的青石之上，一直伴随着滚滚向前的赤水河。这里曾是物资集散地，商贾云集；曾是兵家必争之地，英雄辈出；曾是红军一渡赤水之处，烽火峥嵘。

当我经过双龙桥，仰望高高的城门洞——东华门时，细细一盘算，这云上的石梯坡度可能有七十度吧。门洞旁是高高耸立的屈指可数的几根木柱，撑起悬空的吊脚楼。进得城门，再拾级而上，小镇主路变得开阔起来。恰遇晚饭时分，右手临街的铺面，各色餐馆鳞次栉比，热气腾腾。一些烤豆腐摊早已迫不及待地搬出店面，进入街道，店主在浓浓的青烟中熟练地翻腾着烤架上的豆腐，令游客驻足。

浓浓的人间烟火味儿，仿佛把我带入了20世纪60年代末的重庆，仅有五六岁的我被母亲的妹妹八孃牵着手，在被雨打湿而路滑的青石板上走着，情景与此时重合。走着走着，我早已被路边店面码放得整整齐齐的腊肉、香肠诱惑得不行，还有那一盆盆就地取材的野菌、野菜等。吃哪家呢？盘算间，已被热情的店主迎进门去。宽阔的餐厅里有几桌人正在海吃海喝，我寻找着最舒服的位置。既然是吊脚楼餐厅，靠近河边，悬在屋外的位置就是最佳，最主要的是，我小时候对川东的记忆全在这里。川东重庆的夏天热浪翻滚，八孃带我去万县在此地中转时，总爱带我去吊脚楼吃清汤炸酱面。刚好，吊脚楼窗边的吃货们已走，穿堂风在狼藉的杯盘上凌厉而过。

当全猪汤、竹荪炒肉、凉拌野菜端上桌时，我却无心举筷。突然间冒出一个念头，于是拉着服务员的手说道："有没有清汤炸酱面，给我煮一碗。"话音未落，服务员笑了起来，说道："这么好吃的当地特色不吃，吃什么炸酱面嘛。""那可是怀旧的味道哦，若有就煮一碗吧。"我激动而认真地说。她经不住我的好说歹说，终于点头应允为我煮一碗了。

端着冒着油珠的清汤炸酱面，上面覆盖了一层薄薄的肉臊子，我的眼泪竟一涌而出。这吊脚楼上的炸酱面啊，它是我和八孃一起生活的最亲切的记忆。八孃那时没有找到工作，心情不好，还带着我这个不懂事的小孩远嫁万县。她吃这碗炸酱面也许吃的是烦恼，而我却吃的是妥妥的宁静和幸福。虽然孩童时的我并不懂大人的烦恼，却敏感地觉得，当时的川东，当时的吊脚楼，除了带给人新奇之外，更多的就是远没有我的家乡成都平原舒适。离父母远了，离院里的小朋友远了；看不成电影了，过不成家家了。最主要的是走不成顺顺当当的平路了。我将面连汤带水几口吃下，仿佛就吃下了童年的傻，童年的真，童年眼中的世界。

赤水河丙安古镇从东向西长长的主路，仿佛一条时光隧道，我从东华门入，从太平门出，再回头在它主路左侧迷宫似的小巷间穿梭，或别有洞天，或豁然开朗；或寻常百姓家，或高门府邸，兜兜转转，意象万千。而我却在这条隧道里除了看到了从前的川东吊脚楼，同时，也很自然地联想到了过去和现在的川西坝子、川西林盘。

小时候随八孃在重庆和万县奔波，心里却非常想念我家所在的川西平原。不过，当时完全表述不出来内心的荒凉和苦闷。现在回想起来才发现，我内心的荒凉和苦闷并不因为这是川东，而是大西南特有的吊脚楼和川西林盘有太多的不同，有太多的冲撞而起。

记得20世纪90年代中期，我们一群后生随母亲去成都附近的温江看望二舅。最美的3月，川西坝子醒来了，金黄的油菜花成了大片大片的地肤草，偶有海棠、樱花点缀，目之所及，一马平川，色彩艳丽，美得人心往神驰。二舅当年响应上山下乡号召，到温江务农几年后，就娶了一位当地的农村姑娘，扎根农村一辈子了。只见他的林盘茅屋掩映在摇曳的竹林中，一条小溪汩汩向前，将茅屋环绕，再来几声犬吠，便颇有"狗吠深巷中，鸡鸣桑树颠"之趣了。竹木三面包围，那剩下的一个敞口便成了自然的门洞。我们在排成一字形的茅屋间进进出出，说说笑笑。当大家走出这天然门洞，正值三十多岁的我们，在"水泥森林"待久了，竟不约而同地欢呼起来，二舅的林盘虽相对独立，但与其他几家林盘相距不远，可能邻居们听到如此大的响动，早已知道这家来客人了。我们矗立在门洞前，看从脚下伸向远处的金色的菜花，蜜蜂、蝴蝶在花丛中飞来飞去，忙忙碌碌，心情好得要飞上天了。孩子们叽叽喳喳，早已不见了踪影。

这时，二舅和二舅妈给大家端来了热气腾腾的溏心荷包蛋，并说，每人四枚。天啊，我们在自家也就每天吃一枚，这四枚怎么吞得下啊！但二舅夫妇热情逼人，大家便一边吃着，一边讲一些有趣的话，不知不觉，四枚荷包蛋都进了每人的肚子里。二舅看着大家开心的样子，说："你们要常来耍，鸡蛋管饱，风景管够。"看着二舅憨厚的样子，同时听着他风趣的谈吐，大家的笑声简直有穿云破雾之势了。后来大家听着母亲与二舅的对话，只记得他最生动的说法是："这个川西坝子就是安逸，很容易养懒人，因为它的土地肥得流油，你无论种什么都可以不管，丰收的时候去劳作一下就完事了。而且，只要一下雨，就是我们娱乐的好天气，大家打打扑克，摆摆龙门阵，巴适得板（四川方言，很好、舒服、地道）。"看来二舅不光身扎在了农村，心也扎在了农村。

这就是富庶的川西坝子、川西林盘，与川东及大西南无论是少数民族还是汉族，在特有的山势地形上建起的吊脚楼相比，这太多的不同，能不起冲撞吗？一边是丙安古镇的川盐驿路、军商古堡、怀旧隧道；一边是成都温江的一马平川、肥美土地、成片风景。一边是历史的沧桑布满天空；一边是岁月的温和写满大地。一边是军事要塞，一夫当关，万夫莫开；一边是古蜀鱼凫王都，万千文人竞相奔来。一边是撑起的木柱如男子有力的手臂；一边是弯弯的小河，如母亲温暖的怀抱……

难怪我在孩童时代的潜意识里，就喜爱家乡的川西平原、川西林盘，对爬坡上坎的吊脚楼有一种天然的排斥，甚至反感。但当我经历了人生的两个三十年后，突然觉得吊脚楼比起林盘来说，更像生命的旅程，起起伏伏、波波折折，时而风景这边独好，时而又坎坎坷坷，方寸大乱。但不管是好还是乱，最终都被这首诗一网打尽："咬定青山不放松，立根原在破岩中。千磨万击还坚劲，任尔东西南北风。"

于是再回望那雨雾中的吊脚楼，它的沧桑和厚重，它的轻灵和飘逸，它的月朦胧鸟朦胧，就是一首坚忍的生命之歌。幸好这首歌还未中断，还在继续吟唱，给了我安度余生的精神慰藉和栖居的诗意。

吊脚楼上那碗怀旧的清汤炸酱面啊，曾经的林盘香于吊脚楼，那是小时候和年轻时的味道；现在的吊脚楼香于林盘，这是两个三十年后生命的味道，它们都是记忆中的味道。

湄潭之恋

湄潭，这个好听的名字，花落贵州遵义某地。何谓湄？何谓潭？据说，在这个地方，湄河和湄水如两道弯弯的眉毛，在这座城市的南部回环，形成深潭。所以，整座县城便以"湄潭"命名。

"蒹葭萋萋，白露未晞。所谓伊人，在水之湄。""在水之湄"应该也与湄潭有关吧。这隔水相望的城市，洋溢着万千妩媚、万种风情，不知是《诗经》走进了它，还是它走进了《诗经》。

湄潭永兴古镇就浸泡在这桃源般的诗意里，而我有幸目睹了它的风采，又深深地被这里的两重过往所吸引：一重为浙江大学的西迁；一重为清朝、"民国"的繁华。

浙大的西迁，让我恋上了一出话剧《民族万岁》。话剧的内容姑且不说，单是那幅黑白剧照，就具有文字所不能替代的震撼人心的力量！青年学子们托举着一个正在呐喊的男生，呐喊者面向观众，学子们包围着他。女生着旗袍、学生裙的侧身，男生着长衫、西服的背影，完成了话剧结尾最后的造型。"民族万岁"这个主题就在这雕塑般的造型间，得以淋漓尽致地表达。再看看剧照旁提到的这些人名：演员有郑士俊、殷唯民、詹声穗、潘维洛等，这些曾活跃在舞台上的鲜活生命，现在早已烟消云散了，但他们当时在抗战艰难的岁月里，随校长竺可桢和众多知名教授步行两千多公里，跨越六个省份，历时两年多，从浙江来到了贵州湄潭，就为了保护和传承文化的火种，撑起民族的大厦，托起民族的希望，这样的文化之旅、精神之旅，能不让人感慨万千吗？

我感慨：这些学生演员们都不是什么知名人士，但他们来过这美丽的世间，尽管来时战火纷飞，岁月艰难，他们却活出了精彩和热烈，在无论是话剧舞台还是生活的舞台上，都清醒着、激越着、奋发着。这女生们的侧身和男生们的背影，还有那个高亢的呐喊者，就这样永远定格在了湄潭永兴古镇古色古香的墙上，尽展风骨。

我感慨：中国核能之父卢鹤绂在抗战背景下回国，在湄潭浙大教书、做学问，在油灯下备课，在古庙里讲授。并在教书期间提出一种估算原子弹及原子堆临界大小的简易方法，被国外称为"世上第一位公开揭露原子弹秘密的人"；中国遗传学家泰斗谈家桢，乃浙大生物系教授。当时浙大辗转内迁，生物系被迫迁至湄潭的一座破旧的祠堂里。但这六年的艰难岁月，他除了教学，在研究方面也取得了巨大成就。比如，"中国南果蝇之调查及研究"引起了当时国际科学界的极大震惊和重视。还有荣获"两弹一星功勋奖章"的程开甲，荣获诺贝尔物理学奖的李政道等知名教授们，都在湄潭浙大留下了深深的足迹，在自己的生命里活出了担当。

在抗战背景下，学生们编出话剧《民族万岁》，应该与当时著名导演、演员的郑君里有关。郑君里拍了一部纪录片《民族万岁》，就是希望国人面对倭寇的入侵要团结一心，共同御敌。于是民族团结成了当时永恒的话题。而"求是之光照天地，骊歌一曲震寰宇"（"求实创新"乃浙大校训），就是湄潭浙大师生们学习生活和精神状态的真实写照。虽然话剧只演了两个晚上，但在经贸繁盛的永兴却引起了极大的轰动。湄潭永兴接纳、滋养了浙大，浙大也用他们的精神天地反哺了湄潭永兴。

清朝、"民国"的繁华，让我恋上了"荣发祥"号书行。竺可桢校长在大学南迁的大背景下选址贵州，其思想可能有明代哲学家王阳明的影响。从他在1940年浙大建校纪念日上的讲话中可见一斑："浙大之使命，抗战中在贵州更有特殊之使命。昔阳明先生贬谪龙场，遂成'知难行易'之学说，在黔不达两年，而闻风兴起，贵州文化为之振兴。阳明先生一人之力尚能如此，吾辈虽不及阳明，但以一千师生竭尽知能，当可裨于黔省。"因此，浙大的西迁，从国家和民族层面来说，保护文化的火种是神圣的使命，而有益于黔省，也是第一要务。也许竺可桢万万没想到的是，在贵州湄潭永兴，早有一人开创了这样一条文化之路，他就是来自四川的，在湄潭永兴做书行的儒商文良明。而文良明可能也从未想过，今生会与浙大有一次机缘巧合。在传播文化火种，开启民族智慧这点上，他们是"心有灵犀一点通"的。所以，在抗战背景下，他们走到了一起，是将一种偶然变成必然。异族意欲吞我河山，而河山在这些精英们的引领下，却愈加坚挺。

为什么说文良明是儒商呢？因为文氏家族有这样一句格言："欲高门第须为善，要振家声在读书。"据资料显示：生于光绪年间的文良明，原籍四川重庆大足。由于在家乡做生意已很难维持一家人的生活，他便跟随到贵州湄潭永兴经商的老乡也到了此地。在此地，他大开眼界。当时的永兴商业发达，万商辐辏，只要一开市，没有卖不出去的东西，也没有赚不到钱的商人。于是，他扎根永兴，安居乐业。在这样的机遇中，儒商的本能又让他发现了良机：永兴热闹的集市竟买不到一本书，私塾里的学生也无课本。于是，他开始着手创建书行。他的"荣发祥"建成后，生意火爆，来来往往的商人们有了书看，永兴一带私塾、义学的学生也有了学习的课本。很快，他的书行享誉黔北，甚至有四川商人也慕名前来购书。1940年年底，当浙大新生到达永兴时，他们的教材、课本都由"荣发祥"印刷。

从以上资料可看出，文良明在他生意兴隆的制高点上，真正彰显了儒商最难能可贵的品质和精神。借着这种品质和精神，他不仅传播了文化和科学，也用另一种方式支持了抗战，支持了不是"红军的长征"，而是"文军的长征"。

说大不大、说小不小的湄潭，我恋上的不是它漫过天际的茶山茶海，也不是它那潭漂洗蜡染的深深的回水，更不是它"叶子烟巷"所再现的昔日的桑蚕业、纺织业及钱庄的繁华，却是抹不去的浙大西迁，忘不了的"荣发祥"号书行。无论是浙大还是书行，都是当时的教育、文化和科学在苦难人间艰难地行走，既是脚步的丈量，也是精神的跨越。

在八十多年后的今天，我们是否仍需要这样的行走呢？虽然远离了贫穷和战乱，但无知和愚昧并没有真正远离我们，只有高扬那曾有过的"文军长征"的精神，才能让无知和愚昧真正地渐行渐远。

永兴之旅，旅永兴；湄潭之恋，恋湄潭。

"闻郎江上唱歌声"

面对举世闻名的三峡美景，我一直处于缺席状态。这种缺席其实很闲散，很从容。随着岁月既快速又缓慢地溜走，火候似乎到了。我需要去一次三峡，去看看壁立千仞，风急浪高的第一峡——瞿塘峡。

在去瞿塘峡之前，我已激动得恨不能立马飞到它的身边。我阅读过的它的相关资料，资料已从一个个方块汉字变成了神龙和飞马，在天空中飞舞着，在大地上狂奔着，卷起的祥云和扬起的尘埃早已阻断我贫乏的想象，打开了我似乎合乎天道神韵的理解和揣度。

唐代诗人杜甫曾有这样的描述："众水会涪万，瞿塘争一门。"而郦道元在《水经注》中如此写道："白帝城西有孤石，冬出水二十余丈，夏即没，秋时方出。谚云：滟滪大如象，瞿塘不可上，滟滪大如马，瞿塘不可下。盖舟人以此为水候也。"《吴船录》较详细地记载了船只过滟滪的情景："十五里至瞿塘口，水平如席，独滟滪之顶，犹涡纹瀺灂，舟拂其上以过，摇橹者汗手死心，皆面无人色。……每一舟入峡数里，后舟方敢续发……下一舟平安，则簸旗以招后船。"

从以上正面的叙述和侧面的描写里，三峡中瞿塘最险，既不是神话也不是传说，它就是举世闻名的真实的存在啊！看了这样的文字，谁人能不动心、不向往呢？

当初夏的阳光在瞿塘峡小试锋芒时，我们登上了深度游览瞿塘峡的画舫。大家在船上轻松地谈论，开怀地大笑。我时而坐在船内的木椅上发呆，时而又起身漫步到船舷两边，让三峡之风从自己的头顶或脚下呼呼而过。

开船了。先是徐徐启动，倒船、掉头、向前，然后就感受到"虽乘奔御风不以疾也"。我们在一两百米的峡谷间随船欢歌着，壁立的赤甲山和白盐山对峙而成的山门确实险峻，但仿佛与我们无关，而山壁上"雄哉夔门"等红色阴刻字体却瞬间让我们振奋，仿佛点燃了激情的狂潮。当众人平静下来，仔细辨认船两边咫尺间的洞穴、古栈道，似乎有隐藏的悬棺和攀缘的猿猱。

那众水会涪万，滟滪雷声远的情景呢？我完全没有感受到。若不是资料和书籍的弥补，我可能会误认为游瞿塘峡的感觉就是甜美和平顺的，即便偶有两山刀削斧砍的奇险，也只不过是令人惊叹、惊喜罢了。

离开瞿塘峡，登上北岸的白帝庙，有些东西，我似乎才慢慢弄明白了。

在拥有几千年历史的白帝庙里，诗歌碑林应算它的一大奇观。"巫山不高瞿塘高，铁错不牢火杖牢。妾意似水水滴冻，郎心如月月生毛。"这句话出自明末清初王夫之《竹枝

瞿塘峡

109

词十首·其三》，该诗表达女子的用情专一和男子的用情不忠；清朝何人鹤《竹枝词》："巴峡千峰走怒涛，新滩石出利如刀。弄篙的要行家手，未是行家休弄篙。"该诗表达了瞿塘的奇险，只有行家里手才能征服和驾驭它；唐朝白居易《竹枝词》："巴东船舫上巴西，波面风声雨脚齐。水蓼冷花红簇簇，江蓠湿叶碧凄凄。"该诗借景抒情，作者被贬的愁怨和苦闷溢于言表；宋代范成大《夔州竹枝词歌九首》："白头老媪簪红花，黑头女娘三髻丫。背上儿眠上山去，采桑已闲当采茶。"该诗表现了当地人的生活、生产风俗和节奏。从这些碑林节选的《竹枝词》中，可窥当时夔州一带的普通百姓生活、劳作、爱情、娱乐的场景、风貌。有悲有喜，有哭有笑，有沉重也有俏皮。而我觉得，唐代刘禹锡的《竹枝词》，无论是内容，还是表现手法都超越了上面的所有，成为压轴"大戏"。

　　刘禹锡《竹枝词》："杨柳青青江水平，闻郎江上唱歌声。东边日出西边雨，道是无晴却有晴。"这首诗写的是在杨柳青青的时候，也就是初春时节，长江之水始涨。在瞿塘峡滟滪堆将淹未淹之际，水面平和，波澜不惊。当地人一切美好的想象便从此处出发，无比神往，无比期盼。"闻郎江上唱歌声"，能与春天媲美的，无疑是人间的爱情。作为将巴渝之地民歌率先改编成文人创作的刘禹锡，不可能忽视民歌中关于爱情的部分，且还会发扬光大。因此，这一句写出了年轻人直白而诗意的对爱情的渴求。"东边日出西边雨，道是无晴却有晴。"这句既借用了民歌的谐音和双关，又化用了"竹枝词"调中常运用的句子，表达了女子对爱情的猜测、憧憬和向往。

　　据白帝庙里有关资料介绍，瞿塘峡中那座可以轻轻松松将人逼近死亡的，同时又被称为天下奇绝风光的滟滪堆，早在1959年就被炸毁了。为了当地人的生存，为了南来北往船只的航运，天堑变成了通途。当然，那著名的风景"滟滪回澜"，从那时起也就变成纸卷上的辉煌了。刘禹锡的《竹枝词》，似与今天的瞿塘吻合，比如"杨柳青青江水平"，一个"平"字，完全是今天我们所见的景象：和平、安宁、幸福、甜蜜。哪有什么凶险？哪有什么奇绝？哪有什么死亡？有的只是高山峡谷，美丽的白帝庙，"没完没了的姑娘她没完没了的笑"。但可能我们错了，我们对刘禹锡的《竹枝词》理解得太肤浅。

刘禹锡《竹枝词》之前的竹枝词民歌和在他之后的文人创作的《竹枝词》，大多"如怨如慕，如泣如诉，余音袅袅，不绝如缕。舞幽壑之潜蛟，泣孤舟之嫠妇"，这与三峡的地理、气候等自然条件和人民生活的艰辛有很大关系。唯有刘禹锡任夔州刺史时，那时的瞿塘峡才是真正的瞿塘峡，时而风急浪高，滟滪回澜；时而风平浪静，波光粼粼。他在这样的夔州，这样的白帝城，作一首文人创作的《竹枝词》，看似轻松、诙谐，实则早已超然物外，成为竹枝之绝唱了。当众人都在模仿前人所写的《竹枝词》的哀怨和忧伤时，刘禹锡却写出了颇接地气的夔州人的生活情趣，它源于生活，又高于生活；当众人都在借《竹枝词》感慨生活不易时，他却为我们展现了夔州人顽强的生命力，即使有"滟滪回澜"吞噬万物的凶猛，也有春天来临时，对生命无上的崇敬和美妙的想象。

滟滪堆消失了，但《竹枝词》仍存在于鲜活的世间。"杨柳青青江水平，闻郎江上唱歌声。东边日出西边雨，道是无晴却有晴"。这不绝于耳的夔门竹枝之歌，就是三峡人永不灭的对美好生活向往的吟唱！

从云隙光到中秋月

好久没去过小时候常去的草堂寺旁的龙家湾了。因为外婆的家早已搬离，且自己的生活圈子也不在那一带。因此，仅仅是偶尔去那附近的浣花公园喝个茶，聊个天。对曾经的记忆不再重温，对从前的河流、花草也不再关注。

不知过了多少个三百六十五天，机缘巧合，又一次重踏这片熟悉的土地。沉下心来，才发现那条我曾游过泳的"干河"不再是野河，那些陌生而美丽的花草也不再是野生。人为打造和装饰虽失去了以前的原汁原味，但好像更符合杜甫的诗句"江碧鸟逾白，山青花欲燃"。我小时候见到的风景是这样的：河道年久失修，河水可以在盛夏雨季肆意撒野；河两岸没有鲜花野草，只有低于河堤的广袤的田野和星罗棋布的林盘人家。因此，我见到过的原汁原味的那一切已被现在的公园城市理念和打造所覆盖，这里很国际化、很公园化，当然，那条永不消逝的河流和头顶上高远的天空除外。所以，我的情感是复杂的，既怀念从前的人稀地广，河流林盘，又欣赏现在舒适的人居环境和沿河打造的诗歌走廊。比如，刚在河边走廊读到一首："设道春来好，狂风大放颠。吹花随水去，翻却钓鱼船。""狂风大放颠"，这岂止是春天的景象，我们刚经历的初秋的那场狂暴的夜风，就是在"大放颠"啊！

不再纠结于情感的"左顾右盼",认准那条不变的河流和它倒影里的朗朗天宇吧。这阅人无数又相对永恒的天空,此时此刻正舒展着仲秋午后的慵懒。太阳懒懒地躲进乌云,又在乌云快速地行走罅隙中投放下乳白色光芒。在摄影师眼中,这就是云隙光,而在我等不会摄影的人看来,这的确是上苍给人间的馈赠。这样的馈赠,必须是在几场大雨后,能见度极佳时,它才美妙现身,瞬息万变,颇有灵光一闪之趣。若没有相机或手机,如此美景是很容易被遗忘的。但不管你遗不遗忘,它来过,照耀过,普度过,足矣。

小时候,在此河段我从未见过云隙光,也许每次去的时间不合适吧;但见过中秋月,因外婆最重视中秋节,总爱在那一天邀我们前往。在缺油少荤的年代,中秋节的月饼很是诱人。蛋黄馅儿的不多见,可五仁馅儿的、火腿馅儿的、豆沙馅儿的也令人大快朵颐。因此,我们往往在中秋夜傻傻地望着河上那轮圆圆的孤月,却抬头眼匆匆,低头吃光光。不过,在如今这给过我云隙光的干河边,回忆那曾经的中秋月,各种美妙和感慨弥漫心间,竟巧妙地幻化成生命中治愈的花朵。

唐人张若虚的著名诗篇《春江花月夜》这样写道:"滟滟随波千万里,何处春江无月明。"我身处的蓉城锦江上游的干河,就属"何处春江无月明"中的一处。天上一轮月,水中一轮月,这是古代文人笔下的仙境。小时候,我虽体会不到这样的仙境,但它是记忆里的一道不灭之光。

"江流宛转绕芳甸,月照花林皆似霰。"这干河没有曲曲弯弯,却形成了几个大湾。大湾的两岸在我的记忆中是各种参差不齐的杂树(桉树居多),现在却是高大栾树花红枝绿,与一人多高的金桂、丹桂、银桂等,共谱仲秋时节色香俱全的热闹时光。昔日的中秋月与今日的树们、花们相交错,少了月照花林的冷清，却多了如霜月色在热闹中融化。

"江天一色无纤尘，皎皎空中孤月轮。"中秋之夜，孤月悬空，这不光是张若虚的意象，也是苏轼等文人的意象。"不应有恨，何事长向别时圆"（苏轼），虽未出现"孤"字，但本该团圆的中秋却成了"恨"的理由。试想，神话传说中的嫦娥偷吃了长生不老之药，飞升于月宫，与人间的夫君后羿再不能团聚，中秋节的设立的确是反向立意的。

"江畔何人初见月，江月何年初照人。"我们从前随外婆在河边赏月，她是比我们先看到这轮孤月的，而比起她的外婆来说，她又是后来者了。那她的外婆的外婆呢？以此上溯，的确是"人生代代无穷已，江月年年只相似"啊！

那初秋午后稀有的云隙光，或许是来照耀我、普度我的，只是我未必能觉察，也未必能消受，但我感到了无比的欢欣和爱意。那由云隙光引路，带来的中秋之夜的过去时和现在时的交织，令我再次醒悟：人这短暂的一辈子啊，的确需要敬命、惜命，才对得起云隙光的眷顾和皎月的朗照，也才会在"人生代代无穷已"的哲理间淡定从容，从而在沉静中有奋发，在奋发中有包容，在包容中给予生命最真实、美好的回报。

这幻化出的四朵治愈之花啊，就在这甲辰中秋悄然绽放。

那些"草"儿

流行歌手朴树曾演唱过著名的歌曲《那些花儿》，那些陪伴了他很久的"花儿"，已经在某一天被风带走、散落在天涯了。而我的那些"草"儿呢？

"蒹葭苍苍，白露为霜。所谓伊人，在水一方。"

蒹为荻，葭为芦苇。在王国维"最得风人深致"（风，指《诗经》中的《国风》）的评价中，那些"草"儿，不只生长于两千多年前的《诗经》中，也常在我们的口头上吟诵。

若说上面的诗句是借蒹葭来起兴、怀人，那"参差荇菜，左右流之；窈窕淑女，寤寐求之"，就是借"荇菜"来起兴和表达男子对女子的追求了。再看"自牧归荑，洵美且异；匪女之为美，美人之贻"。一个"荑"字，指初生的茅草，味甘可食。这普通之物却成了爱情的信物，令男子爱不释手，神魂颠倒。再读"彼采葛兮，一日不见，如三月兮！彼采萧兮，一日不见，如三秋兮！彼采艾兮，一日不见，如三岁兮！"诗中的"葛、萧、艾"乃地表之母，而在此却是恋爱中最灵验的感应之物。而不得不读到的"投我以木瓜，报之以琼琚。匪报也，永以为好也。投我以木桃，报之以琼瑶。匪报也，永以为好也。投我以木李，报之以琼玖。匪报也，永以为好也"，这应该算《诗经》里不可多得的爱情风土诗吧，其木瓜、木桃、木

115

李已然成为定情果了。

爱情，在《诗经》的香草、野花、藤蔓、果实中得以最接地气，最朴拙，也最有风情的表达。而关于婚姻呢？"有女同车，颜如舜华""有女同行，颜如舜英"其中的"舜"，就是木槿花。男子幸福地看着与自己同车同行的妻子，像欣赏一朵美丽的木槿花。这也许是对自己幸福婚姻的高调赞美吧。

有爱情，有婚姻，就必然有思念。"采采卷耳，不盈顷筐；嗟我怀人，置彼周行。"卷耳可食，女子因思念心上人而无心采摘，大半天了，筐未采满。这是卷耳惹的祸吗？不，这是思念惹的祸。卷耳成了思念的寄托之物，筐有多空余，思念就有多满盈。

除了爱情、婚姻和思念在各种"草"间游走外，劳动更是在"草"间快乐地奔跑。"葛之覃兮，施于中谷，维叶莫莫。是刈是濩，为絺为绤，服之无斁。"这位勤劳纯朴的妇人，视劳动为生命的享受，在山谷中采葛、熬煮、制衣，乐此不疲。"葛"成了她的心爱之物，从未曾厌烦过。

这些"草"儿，就在《诗经》中扮演着可亲可爱、不可或缺的角色。可以说，没有这些"草"儿，就没有两千多年后我们还爱不释手的这本活化石《诗经》；没有这本活化石《诗经》，又去哪儿寻找华夏文明的源头呢？至少寻找起来困难大得多。

《诗经》搜集了从西周初期到春秋中期的诗歌，形成了最早的诗歌总集。而诗歌所辖内容主要分布在现在以河南为核心的中原地带，是那个时代的民间社会风情图。因此，那些"草"儿，就是河南的宠儿，就是中原历史、地理、文化的载体，就是华夏的根基啊！

可是啊可是，我的那些"草"儿，现在如何？都去了哪儿呢？

千年不遇的洪水来了，打着"烟花"的招牌，不去它常光顾的沿海，却神不知鬼不觉窜进了中原内地。于是"烟花三月下扬州"，变成了"烟花七月到郑州"。两三天的特大暴雨密集地向人间倾倒，像完成任务似的，把河南一带一年的雨量倒完。

烟花，你为什么要瞄上中原，你也想找找问鼎的感觉吗？如果在沿海，你施魔法让台风、暴雨肆虐，至少那里早已对这些见惯不惊了，也有抵御你的能力。然而，中原河南，一年内本来雨水就稀少，各种排洪、抢险设施又远没有沿海发达，人们因雨而生的灾难意识也不强，而你偏要向郑州施威、发力，于是一场巨大的灾难从天而降。

记不得是哪里，好像是下穿隧道吧。各种各样的车辆在隧道里拥堵，倾盆大雨已将隧道变成了河道，车辆沉于河底，而大片大片的蒹葭漂浮水面，一拥而过。

那些美丽的荇菜，一朵一朵，一卷一卷，或冒出紫色的头，或平躺水面，也在城市的公路上快速翻滚、滑过。

夷、葛、萧、艾们早已是本末倒置，乱成一团，在大水漫灌的底层建筑屋里推拥。

木瓜、木桃、木李呢？随着雨水、洪水滚进了地铁车站。它们在车厢外撞击着，发出沉闷的哀号。

灾难，这是人间的灾难，更是《诗经》的灾难！若是纸质的《诗经》被卷走、吞噬，那还好说，因为人们可以凭记忆口授相传。但是，《诗经》里的那些"草"儿，被连根拔起，所依附的土壤也翻江倒海，那将是难以修复的真正的灾难啊！

两千多年后的《诗经》遇上这样的灾难，真是令人痛彻心扉，难以置信，可现实就是如此残酷。我们要拯救《诗经》，拯救那些"草"儿,其实,就是拯救我们自己。

"参差荇菜,左右流之;窈窕淑女,寤寐求之。

蒹葭苍苍,白露为霜,所谓伊人,在水一方。"

我的那些"草"儿也像"那些花儿"一样,只不过,不是被风带走,而是被雨带走,散落在了天涯。

银杏的眼泪在飞

与恐龙同时代的银杏，就这样看着恐龙灭绝。

那天，天昏地暗，地下发出奇怪的轰响，接着山摇地动。恐龙的身后，红色岩浆从地下、从山顶喷涌而出，恣意地流泻到它们的脚下。恐龙或向天狂吼或疯狂地奔跑，结果都无济于事。跑得慢的，岩浆将其融化；跑得快的，也在火山灰充斥大气层后，窒息而亡。物种大灭绝来了，除了少数动植物逃过一劫而外，生物霸主恐龙连带大多数生物，在气候灾难的一瞬之间，灰飞烟灭。

银杏呢？粗壮的树干，舒展的千手，见证了这一切。它不退让，也不前行，久久地矗立于河道边、山坡上。在它貌似于无动于衷的刹那间，成百上千的金黄树叶齐刷刷落下，简直就是一场眼泪的盛宴啊！银杏的眼泪在飞，它为恐龙的灭绝而飞，为脚下的地球遇上如此的浩劫而飞，为地球上只留下自己孤独的身影而飞。这场眼泪盛宴，不是直线下降，而是像抛物线，在地动山摇的疯狂中，时而升腾，时而翻卷，最后都簌簌地归入已是万籁俱寂的大地。

银杏随同恐龙也消亡了吗？没有。世界出奇地安静，在来年的春日早晨，它发芽了。柳绿的色彩，在天地间纵情地涂抹，生命成了不绝的吟唱。

这是创世纪前的地球，人类还不知在何方。多情而坚韧的银杏已体会了一把生死幻灭，它的眼泪怎能不会冲天而出、漫天飘洒呢？

终于，在这个蓝色的星球上诞生了精灵——人类。人类与早已存在的生物们相克相生，相伴相融，最后率先出局，决定着世界的走向。文学、音乐、艺术、科学，人类玩出的这些花样令世界变得无比美好。

在我国古代，有这么一群人玩诗玩得痴迷。虽然古代诗歌更多的是写松竹梅兰、桃红柳绿，关于银杏，很少触碰。但是，当活化石银杏告别广袤的世界，退守到我国西南一隅时，诗人们终于发现了它不凡的价值，开始触碰它。

欧阳修写道："鸭脚生江南，名实未相符。绛囊因入贡，银杏贵中州。""鸭脚"指银杏，因其叶酷似鸭脚。江南银杏结的白果进贡皇家后，高贵之气倍增。

葛绍体写道："等闲日月任西东，不管霜风着鬓蓬。满地翻黄银杏叶，忽惊天地告成功。"一年又一年，银杏成了时钟，告诉自己老之将至。但是，诗人好像并不感到悲凉，而是豁达地表白：老的是时间，与自己无关。

李清照写道："风韵雍容未甚都，尊前柑橘可为奴。谁怜流落江湖上，玉骨冰肌未肯枯。"银杏初看上去并不起眼和华美，但当它经历深秋的洗礼，一夜之间亮出雍容的金妆时，酒樽前的柑橘只配做它的奴婢了。而"玉骨冰肌未肯枯"，就是这金妆里裹着的高尚的气节和操守啊！

这是古诗人关于银杏的诗意而浪漫的解读，那今人又是怎样看待这与恐龙同时代的活化石银杏的呢？

秋天如期而至，年复一年。忙碌的人们也许并不在意，但当树叶开始飘飞，颜色开始变黄时，众生不得不惊呼：好美呀！秋属金，万物肃杀，秋风萧瑟，在这种使人情绪压抑的季节里，金黄的树叶怎不叫人怦然心动呢？更何况是古老的银杏！

在城里。当1983年成都市第九届人大常委会决定把银杏作为成都的市树时，古老的蓉城遍植银杏。大路两旁，新种的银杏秀颀挺拔，金黄的色彩勾勒出由近及远的摄影线，让喧闹的都市仿佛瞬间静了下来，人们或摇开车窗向外观望，或收起脚步，驻足停留。若正午有了太阳，银杏叶便在风中好像发出金属般轻微碰撞的声音，快乐极了。老人、小孩都出来了，享受这秋日的厚爱。若是黄昏，气温骤降，树叶飘零，情侣们下班相约，手牵手出来了。他们来看银杏，更是来谈恋爱。他们的脚步踏在早已铺满厚厚银杏叶的地上，发出酥脆的轻响，似乎还有淡淡的清香飘出，令人沉醉，不能自拔。待华灯初上，夜幕降临之时，情侣们走过的地方已留下一个个"心"形银杏图案，或镂空，或实心，在霓虹和车水马龙间无言地表达着海誓山盟。

在山野。百年、千年银杏比比皆是。青城山天师洞前两千五百多年树龄（全球最老）的银杏还枝繁叶茂，大邑县白岩寺几百年树龄的银杏正生机勃勃。这些年轻的老树，就这样在天宇间矗立着，人世间不管发生多少风云变幻，角逐沉浮，它笑看不语。若遇苍生疾苦，它会像痛失恐龙一样，来 场眼泪的盛宴；若遇众生顺遂，它也会来一场眼泪的盛宴，但那不是因为悲伤，而是喜极而泣。这不，每当银杏叶翻黄的时候，城里人总是倾巢出动，到乡下，到林间，到山野，去寻觅它高大的身影。看吧，来了三五穿红着绿的人，她们以银杏为背景，在高大、粗壮的树干间随意地舞着；看吧，来了几位着汉服的女子，顶着高耸的发髻，甩开飘逸的长裙，在飘落的树叶间，矜持地前行；看吧，帅哥们也来凑热闹了，硬汉的线条，酷帅的造型，在古老的树前，也别有一番风致。

这些应该就是今人与古老银杏的互动与交流吧。

也许今人并不了解有关银杏更多的知识和故事，忙碌和贪玩集于一身的现代人，更多的是，要么借银杏来释放生活的压力和心情的压抑；要么借银杏来抒发心中已盛不下的快乐和喜悦；要么什么都不借，只是面对大好河山、美好风光的自我放飞等等诸如此类的。但不管怎么说，与恐龙同时代的银杏能与今人邂逅，这是我们的好运，是我们的大幸！

这个金秋，它古老的眼泪又在飞了。在城市的大街小巷飞，在山野的丛林河道飞。因为人类越来越重视环境保护，因为人们越来越懂得放飞自我，因为人间的生活越来越蒸蒸日上，它怎能不喜极而泣？

看着这样的古树，竟想起成都附近三星堆里的那棵"太阳神树"。考古学家们判定它是扶桑，而我突发奇想，它很有可能是银杏哦，也是高大的树干，也是舒展的千手。更主要的是，全世界的银杏都来自我们西南，来自我们川西，而且它见证了恐龙的灭绝、人类的诞生。这样的树也许才值得古人顶礼膜拜，最终成为现代人的精神图腾。

多与银杏说话，多与银杏交流。我们的心灵需要它，我们的生命更需要它。

今夜，伴玉兰入眠

夜已深，花园里一派寂然。

我躺在花园木屋里，聆听四周似有似无、难以捉摸的声响。无风，白日那株高大的玉兰树，不知何时已挂满耀眼的玉色花朵，颇有凌空展翅之势；又不知何时，花朵最外层的花瓣已打卷、锈蚀、凌空的姿态变成了冲向大地的坠落。遗憾，没有在第一时间捕捉到花开，而凋谢、跌落却才让我醒悟：如此洁白、高雅、脱俗的玉兰，花期实在太短。

夜色更加浓郁，不远处人家的灯火映亮了小半个天，玉兰洁白的身影仍可分辨。淡淡的苦香仿佛一种特殊的沐浴露，在脸的四周弥漫开来，睡眠变得深沉而香甜。但白日的喧嚣还在耳畔，屏幕里的战火映红了整个天宇，仍在眼前疯狂地燃烧。离我们并不遥远的战争打响了，深沉而香甜的睡眠变得脆弱不堪，尽管我们身处和平之地，但他人的灾难仿佛就是自己的灾难，感同身受，惊恐万端。

雨水已过，惊蛰未至。我躺在花园里拼命搜寻周围的声响，仍未听见任何虫鸣。每年的这个时候，人们的精神往往大好，因为咬春和踏春的时节即将来临。

春天，温暖而和煦的风总令人倍感温暖。人们脱去厚重的冬装，呼朋引伴地奔向空旷的草地、花丛，山间、沟壑。

寻找千姿百态的花，静听万山沟壑的泉，让心胸偾张，吸天地之精华，揽万象于怀中。那种轻松快乐之情非"乘奔御风"不可比拟。

如果说，四季轮回，春天总是如期而至，那么，战火纷飞的地方还有春天吗？雪山融化，流水淙淙，小花、小草在大地上兴奋地摇曳，而枪林弹雨中的人们却在生死之间的奔突中早已无暇顾及它们的存在了。春花要么变成一种视觉的多余和情感的刺激，要么成为一种对美好而和平生活最后的也是最脆弱的向往。

夏天，百虫鸣叫，万物慵懒。夜，总是夏之一景。白天的炎热和忙碌，令众生像发蔫的白菜，夜晚冲凉后，川西坝子的人们总有在户外纳凉的习惯。尤其是在物资匮乏、没有空调的时代，夏夜的星光多于现在的霓虹，纳凉的兴致不得不高啊。在街巷院落里，或家人或三五好友在一起，谈天说地，评论古今，颇有趣味。这个讲尧舜的禅让，那个评论魏蜀吴三国谁最厉害。最有趣的故事，莫过于《烛之武退秦师》。话说春秋时期的秦晋联手意欲攻郑，在这千钧一发的危难之际，郑国名士烛之武被请出了山。他夜缒而出，只身前往。见到秦穆公后，他凭三寸不烂之舌，竟劝退了秦师。其理由是：晋国与郑国相邻，而秦国要越过晋国攻打郑国，这不是扩大了晋国的地盘吗？现在秦晋联手攻郑，但当晋国得到了郑国的土地后，它可能还想占有秦国的土地呢。

在这玉兰花之夜，脑海里自然浮现出古代有关军事方面的故事，这与白天因战争而起的喧嚣不无关系。尽管这些故事与正在他国发生的战争相似性不大，但烛之武关于和平的智慧不会不给我们启发。

这就是我们的夏天，在气候变得酷热的时候，历史、文化、军事等话题在星空下被大家你一句我一句地讲解、争论，这一切仿佛填补了夏的空虚，慰藉了夏的苦闷，让夏也变得趣味无穷。

这样宁静而有趣的夏，战火中的人们是无福享受的。

至于秋天，古代诗人陶渊明的"靡靡秋已夕，凄凄风露交"；柳永的"对潇潇暮雨洒江天，一番洗清秋"；元好问的"凉叶萧萧散雨声，虚堂淅淅掩霜清"；纳兰性德的"新寒中酒敲窗雨，残香细袅秋情绪"。无论是陶渊明的"凄凄"，柳永的"清秋"，还是元好问的"萧萧"，纳兰性德的"秋情绪"，都多多少少应了辛弃疾的那句诗："少年不识愁滋味，爱上层楼。爱上层楼，为赋新词强说愁。而今识尽愁滋味，欲说还休。欲说还休，却道天凉好个秋。"

当战争吞噬鲜活生命的时候，人们才恍然发现，那些个多愁善感的诗句从某种意义上来说，完全形同于无骨鸡柳，口感嫩滑，味道鲜美，却经不起"欲说还休"的拷问。因此，战争绝不能成为人们街头巷尾、茶余饭后轻松的谈资，更不能成为你方唱罢我登场的闹剧。它属于血腥和毁灭级别。

而冬天，总是以寒冷和枯燥开启，令人百无聊赖，兴趣索然。幸好它有一个热闹的节日——春节，站在冬的尽头，给我们许多美妙的幻想和无穷的神往。这个有着几千年历史的农业大国，春节是忙碌农事间的休憩，是个体生命借节日表达一种对明天的向往和对过去种种不如意的挥手告别。红红火火过春节，成为一种时尚。大约过了腊八，春节就拉开了序幕。腌制腊肉、香肠，买各种品牌的汤圆，封红包，备新衣。人们无论是忙碌，还是休闲，总要把精力和时间分一些给春节。于是，冬的寒冷和枯燥不但不令人厌恶，反而成了迎接春节和春天应有的状态。最寡淡的冬天，结果成了最丰富而快乐的季节。

战争，你属于冬吗？肯定不是！如果拥有春节的冬天，再来一场或几场大雪，那红白相间的世界，就格外令人惬意了。谁还想要战争呢？和平的世界才能托起春节的火红与甜蜜，才能托起人们走亲访友时开怀的大笑。

就这样任凭思想自由驰骋，伴玉兰而眠。竟将白天因战争而起的纷纷扰扰用曾经拥有和正在拥有的四季来消解，这应该也是一种平复烦躁心情的好办法。而洁白的玉兰，美丽、高贵、典雅、安静，不就是和平的象征吗！而它短暂的花期、易落的花瓣，不就是和平难守的象征吗？

春夏秋冬，就如同山川河流一样，是大自然对我们的馈赠。我们享受着这样的馈赠，并与之和平相处。抬头，是日月朗照；低头，是众生平安。

关心粮食和蔬菜

想起海子的《面朝大海，春暖花开》："从明天起，做一个幸福的人，喂马、劈柴、周游世界；从明天起，关心粮食和蔬菜，我有一所房子，面朝大海，春暖花开。"

为什么要从明天起呢？为什么不从今天起呢？今天，我们就要关心粮食和蔬菜。

行色匆匆，身影忙碌，从来就是盒饭在手，囫囵而下，哪里有时间在餐馆坐下来慢慢点菜，细细品味啊，更没有时间拎起软包去超市或菜市悠闲地挑挑拣拣，快乐地购买了。生活有趣吗？当静下心来提着软包欣喜地前往菜市时，才发现生活原来也可以如此波澜不惊，在细微、琐碎和平凡处针扎般地掀起兴奋的狂潮，于是，生活的趣味就不只是奋斗的甘苦，梦想的实现，还有这林林总总的微不足道的，甚至有点儿难登大雅之堂的瞬间。

不要小看这些微不足道的、难登大雅之堂的瞬间，拥有鲜活生命的人需要像栖息水边的鸟类一样，有振翅高飞的时候，也有收拢羽翼，漫步湖边的时候，这样才能让生命的激情和热烈得以适当的安歇和冷静地回望。

在家里，一个无意的瞬间，让我痴迷于各种蔬菜的奇香。苦笋，剥开、切片，顿时满屋升腾起一种难以言表的香味：有水腥气、鲜苦气，还有竹的清香气，各种气味杂糅一起，竟给人一种高贵、脱俗之感。于是，这来自地下的笋类，却仿佛突然释放出一种治愈众生心灵创伤的积极元素了。

对蔬菜的兴趣就这样在不经意间令人愉悦得目瞪口呆。几十岁了，常以美食家自称，其实不过是好吃好喝，完全没有走进美食的世界。因为连食材都不了解也不热爱的人哪里谈得上什么美食家啊！

苦笋不再以"苦"成为负担，而是初夏时节，热浪来袭时最清爽、宜人的佳品。或凉拌，或和肉炒，其实都没有发挥出它夏日的绝佳口感和优势。据说，川南有人用它与肝片一起熬汤，那才是把苦笋的味道和优势发挥到了极致。

转身又在厨房里发现了四季豆，拈起一个，将其轻轻掰断，用不着深嗅，一股纯正的清香扑鼻而来。于是，我再一次深切地感到各种蔬菜之香完全不可小觑了，它是大地最初的造化，也是大地馈赠给我们人类的生命之宝。

于是，我再次前往菜市场，决定好好看，好好闻，好好享乐一番。接近中午了，买菜的人少了许多，但用络绎不绝来形容也还恰当。老人居多，保姆居多，上班族很少有上午在这里闲逛的，他们或者下班时顺路在菜市带点回家，或者周末早已买好存放在冰箱，或者在网上购好，下班时在家门口领取。

老人们在菜市逛着，表情并不愉快，几许着急，几许犹豫，挑挑拣拣，然后放下，又抽身去另一家。保姆们不太沉得下心来细细挑选，看中一家，便把所有需购的菜都买了，动作大，声音也大，像完成任务似的，当然，本来也是完成任务，买完就走，完全没有闲庭信步的悠闲和快乐。

唯独我，混迹其间，并非为了买菜，而是专门来寻觅菜香的。我怀揣喜悦，慢慢走，慢慢看，慢慢闻。在我看来，这也许是一种神圣的寻找，而若让买菜的其他人知晓了这种寻找，定会嘲笑我的不可理喻，甚至莫名其妙。

洋葱映入眼帘，撕一点皮，眼泪仿佛马上要被熏下来，这是蔬菜里"催泪瓦斯"的味道。芫荽，花瓣一样的小叶，轻轻一摸，手上便已沾上浓浓的香味了，难怪它的俗名叫香菜。小葱，有淡淡的腥臭味，但在蔬菜的世界里，其实也是一种香。番茄，红彤彤的，虽不便撕开闻，不过，想象中特有的甜香味直扑脸面，竟让人产生一种酒醉之感。最常吃到的莴苣，锈蚀的外表里嫩生生、水灵灵的，独到的清香仿佛染上了碧玉的色彩。

就这样，看菜闻香，一路欢畅。

海子强调"从明天起"，其实，明天太晚，应该只争朝夕。因为，在某些人的世界里，明天的太阳也许不会升起了，而抓住今天，把握今天，才是合乎常规的正道。海子也许厌倦了今天，失望于今天，所以，他寄希望于明天，明天的朝露，明天的太阳。而我以为，无论今天是何等的坎坷和不顺，也不能拿吃饭来出气，也要关心粮食和蔬菜。粮食自不必说了，晶莹剔透的白米饭总会令我们口齿留香。各种蔬菜，滚一身泥土，留一地烂叶，洗净切开，真香扑鼻，那才是最值得我们亲近和迷醉的东西。

什么是美食？必须是各种佐料和添加剂烹煮的食材才叫美食吗？其实未必。《红楼梦》里的"茄鲞"，的确是一道美食，选材之讲究，做工之复杂，配料之丰富，难怪刘姥姥一吃觉得茄子的味道已很淡了，完全被鸡、笋、菌的味道盖住了。刘姥姥惊喜不已，新鲜感成倍上升，而贾母和凤姐见状得意扬扬，颇有优越感。在今天，美食的意义不再只是把食材拿来各种搭配，以满足难调的众口；而还原食材的原汁原味，甚至提升原汁原味，这才应该是美食追求的最高境界吧。

  因此，从这个意义上讲，"茄鲞"虽有它的高贵不凡和众多的追随者，但它其实并未达到美食的最佳境界，而追寻原食材茄子最天然、本真、朴实的味道，才是向美食的最佳境界跨出了一大步。

  "关心粮食和蔬菜"，至此就不再是轻松的诗句了，它更深远的价值乃是：在忙碌和贪婪的现实生活中，不忘关注生命的底色和本真，以求找到做人的初始感和归宿感，从而获取一种自信、坦荡、快乐、平衡的心理感受，最终形成一道抗打压的心理屏障。

  这应该就是我在菜市场所谓神圣寻找的些许意义吧。

第三辑

围炉话过往

天空没有翅膀的痕迹

每个人的成长多多少少都有一些特殊的经历。换句话说,这些特殊的经历往往是一笔财富,如果把它用好了,它能让一个人说不上涅槃重生,至少也可破茧成蝶吧。

当年,我大学毕业后就分在成都树德中学教书,这普通而平凡的工作成了生活的全部。

1995年初始,由四川日报报业集团主管主办的中国第一张都市报《华西都市报》诞生了。这如同一股春潮,不是"带雨晚来急",而是"乘春早来急"。这股春潮伴随着各行各业的春雷阵阵,搅得人心潮澎湃,难以平静。

《华西都市报》招兵买马了,我儿时的梦想有望实现了。在不愿丢掉教师饭碗的前提下,经朋友介绍,我认识了《四川日报》的一些记者、编辑。

于是,成都红星街路口,耸立于高楼之上的"四川日报"几个红色大字(《华西都市报》报社就设在《四川日报》大楼里),几乎每天都在眼前晃动,晃得人精神抖擞,自信满满。自此,我的生活也就不再只有教书的平淡、单调,还有文字和文学的美妙远方。

不过,这种"美妙远方"并非一帆风顺。

第一次在《川报》(《四川日报》简称)见到经济部的记

者、编辑林卫老师,只见其个头中等,鬓发微白,四十来岁的样子。他热情地说:"要想当一个好记者,除了需要较好的文字功底外,还要有新闻的敏感和触角。不具备这两点,是当不好记者的。"

我当时一听,心里咯噔一下,自问:"我有新闻的敏感和触角吗?"一种空虚感袭来。他接着说:"《华西都市报》是我们《川报》主办的,你想让他们多用你的稿子就得露几手。"接着他说,都市报让我写一篇有关元宵晚会的评论文章(实际上是考考我),看完晚会就写,翌日交稿。

当时听到这里,我既兴奋又感觉底气不足,但如此好的机会已悬在头上,能拒绝吗?肯定不能。于是,我点头应允了。

回到家,我竟有些手足无措,满脑袋都是评论怎么写的问题。搜肠刮肚,尽最大可能地回忆大学老师是如何教的,恍惚中只记得写过一篇关于英国小说《简·爱》的评论,而且写得很一般。

看完晚会,我熬更守夜写完评论,翌日交给林老师。他没有任何肯定的意思,反而提了很多意见。面对这些意见,我心里拔凉拔凉的,恰与窗外的料峭春寒相合,整个人仿佛已掉入冰窟。

按照林老师的意见修改后,我的《元宵晚会 老面孔腻味》终于在元宵节后的第二天刊于《华西都市报》。看到大街小巷卖报的婆婆大爷们都捧着有我的文章的《华西都市报》在卖,虚荣心得到了极大的满足,并有一种醍醐灌顶的感觉:读了四年大学中文系,还不如林老师这一番手把手的指导,真乃"听君一席话,胜读十年书"啊!

《元宵晚会 老面孔腻味》一文发表后,《川报》大记者,也是《都市报》(《华西都市报》的简称)的总编戴善奎老师要约见我，我在自信（该文已发表）和自卑（该文得到了林老师的悉心帮助）的情感交织中去了总编办公室。戴总个子较矮，眼光却很犀利。

我们寒暄后，他调侃地说："你现在是不是很有灵感，随时都有创作的冲动？"

我被这突然的调侃搞蒙了，不知如何回答。

他接着说："要到我们报社来工作，一天写一篇稿子是不行的，要写好几篇才赶得上节奏。抱着那种慢慢磨文章的习惯，在我们这儿是混不出头的。"

听到这里，一种无形无边的压力向我袭来，我默念道：不要只看到记者光鲜的一面，写文章若没有发电文的速度，就别揽这个活儿了。嘴里却说："不怕，多读多写，全身心投入，速度自然就快了。"

他微笑着点了点头。我们又聊了一小会儿，约见就结束了。

此后，《都市报》文化娱乐栏目的许佳主任就常呼我的BB机，约我写这写那。

一日，她约我到她办公室面谈。谈话内容大致有两点：一是羡慕我在省重点中学教书，子女的教育问题解决了；二是给了我半页纸，上面是用钢笔书写的电话号码，要我抽空去采访这些民间艺人，以配合当时省、市文化部门搞的宣传、弘扬民间文化的活动。

自号"蜀东墨樵女"的彭老师，从重庆江陵机器厂退休后，悉心研究指书艺术，其作品深受省内外及海外新闻媒体关注。就这么一位民间艺人，要采访她还颇费周折。

我先给她打电话说要采访她，结果竟被回绝了。第一次参与有关民间艺人的系列采访报道就受阻，心里颇不是滋味。于是，打电话向许佳主任诉苦。没想到在许主任看来，这根本不值得生气。

她说，问题不是出在彭老师身上，而是出在我身上。她说："被采访者的性格不一样，不是个个都会对你热情友好，有时为了获得真实而鲜活的第一手资料，你甚至要当便衣，隐去自己的身份呢。"

在许主任的点拨下，我第二次前往彭老师家采访终于成功了，完成的人物故事《"浪迹天涯"为指书》，刊于1995年3月29日《华西都市报》"文化娱乐"版。

后来，我又按照那半页纸上的电话号码一路寻去，完成了"绝技人物"《吹塑纸变"活物"》《七旬老翁玩叉笔》《老翁街头卖字"飞白变体"称奇》《残疾女画家高晓笛》等系列文章，为宣传弘扬四川民间文化、艺术做了一些小小的贡献。

各行各业春潮阵阵，城市建设也毫不逊色，但当"浪急天高"之时，成都著名清代民居"少城"，即宽窄巷子，即将失去它所有的历史积淀，将在一片被推倒的瓦砾之上重建一座仿古新城。许主任得知此消息后，及时联系到我，要我赶快全面了解、采访此事，最后来一篇有分量的报道，以起到阻止"少城"拆建的作用。接受任务后，我多方了解，采访了宽窄巷子的居民，给开发商打了电话，走访了成都文物保护单位等。最后作成一文《少城在悄悄变化》，刊于"文化娱乐版"，为阻止宽窄巷子的拆建，保护历史文化名城尽了绵薄之力。

后来，林老师又建议我也可给《川报》写写文章，全方位锻炼锻炼自己。正好《川报》"经济版"新开了一个"衣食住行"栏目，需要一些文稿。于是负责这个栏目的孙磊老师要我放开手写。在这些老师们的鼓励和帮助下，我给川报"衣食住行"栏目完成了系列文章：《女装——锦官城里海味浓》《金钱牵着设计走》《饮料——消费围着价格转》《蓉城"进口货"：现做现卖》《幺妹子——古朴天然上了头》《靓影小世界 黑白大苍穹》《坤包——装点女性的新饰物》《何必悄悄蒙上眼睛》等。同时，也给"经济版"写了一些文章：《渣滓坝淘"金"》《中秋夜 谁赏月》《商业文化是与非》《川味新型复合调料在沉默中爆发》等。

用了两年的业余时间，我在《四川日报》和《华西都市报》之间行走，不是用电脑记录下行走的痕迹，而是用钢笔、签字笔等，在稿笺纸上写下经济领域和文化领域的稿件。虽然这些稿件现在看来并不算上乘之作，但正如泰戈尔所说："天空没有翅膀的痕迹，但我已飞过。"

在《四川日报》创刊七十周年之际，我回忆与它的故事，颇有感触：如果没有那两年在采访和写作之间的磨砺，没有那些《川报》大记者和编辑们的指点与帮助，也许今天我仍是一名普通的教师，绝不会在教书之余坚持写文、写书，也就更不会有后来进入武侯区作协和成都市作协这些事了。因此，《川报》曾是我磨炼的舞台，为我今日梦想的实现奠定了基础。

在此，我只想说：《四川日报》，我们缘永在，情难了。

我愿做那夕阳的一角

蓉城那片难觅的夕阳,在毫无预兆间降临了。我们无法听到众生兴奋的呼告,但聊天软件上不断刷屏的晚霞,就是对喜悦密集的表达。

蓉城多雾多霾,蓝天白云少见,朝霞晚霞稀罕,像那天那种世界级的夕阳更是少之又少,怎能不令人夺门而出,奔走相告?

我想当那片夕阳,哪怕当一角也好。但平凡的职业和处境,注定了这想法比较怪异和荒诞。记得某首歌唱过"平平淡淡才是真",这也许就是我安静、平和立于世间的写照。不过某年某月某日,真实的生活让我在不经意间得到了夕阳般美好的馈赠,我似乎做了一回夕阳的一角。

快退休了,教不完一届了,但不教又干什么呢?于是,在几分尴尬中

我家楼顶所见夕阳

接手了高一的他们。一接手才发现，美丽的风景像一幅长卷，一天拉开一点，一点点拉开，画面终于呈现出精美部分，师生之间在欢喜和愉悦中相互吸附，画卷到了最后，如同收了一个美丽的豹尾，"啪"的一声，简洁有力，戛然而止。高一结束的时候，我已临近退休，准备放下他们。于是，又在一种是否将此事告诉学生的踌躇中徘徊、彷徨。最终，我选择了悄然离开。

走吧，离开吧，学生们很快就会将我淡忘，不要自作多情。在等待办理退休手续的日子里，我申请到学校国际部教书，校方照顾性地同意了，并说9月暂不开课，10月来上班。我在释然和放松中，选择来一次错峰旅行。

世界很美丽，我想去看看。其实，利用在职时的假期，我已走过万水千山，世界之美早令我折服，但这一回，我如脱笼之鹄，轻松地飞翔。

9月4号，当我飞到云南抚仙湖的时候，早上的白云舒卷，傍晚的落霞孤鹜，大雨前的野渡舟横，这诗意的天地让我流连忘返……学生们发来信息："燕老，开学了，你搞忘给我们上课了哇？""燕老，快回来，我们想你。""燕老，想你。""燕老，我们以后只有在聊天软件上看你的游记了。"……

看到这些，我的眼睛竟有些湿润。我历来比较受学生欢迎，但这次悄悄又匆匆而别，好像把事情搞大了，不妥不妥。其实，班主任也曾挽留过我，而我一直纠结，没有正面回答他，深感歉疚。于是我在抚仙湖宽广的水边冥思、发呆，我在考虑这种不辞而别算什么？回去必须给学生一个合情合理的说法。

是啊，短短的也长长的一年，我和我的高一学生们一起走过《那种飘扬》《王国之旅》《最后的林语堂》《在台湾住树屋》《五月三》《梦断布里恩茨湖》《在巴黎"花神咖啡"遇上徐志摩》《人性的"灰色地带"》《太阳原色里的芭蕾》《黄石的面纱》等。一句话，在因高考而变得畸形的语文教学夹缝中，学生们走过了我的文集之路，在他们高中的生活里，竟然发现自己中学时代一位快退休的语文老师，在绝对的高考压力下，藏着自由、快乐、酣畅的灵魂。心与心在碰撞，心与心在流连，我并不宠爱哪一个，全班五十多名学生是天真、向上的合体。我喜欢这个合体，无论高矮胖瘦，成绩优劣。这个合体也接纳我。尽管我年事已高，不再靓丽。在高一的时候，我们并没有天天、时时刻刻在一起，我沿用自己的风格：上课就去，下课就走。但当我与这个合体分手的时候，才发现彼此已将对方深嵌心中。我们在一起，就是不说话，也不觉得别扭，他们或近或远地看着我，似笑非笑，眼神专注……美好的感觉就这样时不时地冒出来，在心中萦绕一番。

　　在离开他们一个月左右的时候，我回到了蓉城，回到了学校。当我背着手悄悄走进教室，学生们先是瞪大了眼，接着兴奋地喊我，最后要求我再给他们上一课。经过了一个月的梳理和释怀，我稳了稳情绪，开始了最后一课："同学们，请原谅我与你们的告别推迟了一个月，时间不饶人，我必须退休了，但又怕影响你们的情绪，只好缄口不言。今天，在我们大家的情绪都平稳下来后，再做这一次告别演讲，应该是比较自然和得体的……"接着，我讲了一些旅游途中的故事，交换了读书心得。最后，祝愿他们学习进步，更上层楼。

　　这一别又是一年多。时间会将各种记忆磨成碎片，然后烟消云散。去年年底的某天，蓉城下了一场少有的大雪，我回校参加迎新活动，路上偶遇这个班的几名学生，他们还是那般兴奋地傻傻地看着我。后来，在他们发的朋友圈上，我再次确认：他们把我与蓉城那场少有的雪相提并论："雪令我们幸福，见到燕老更幸福!"天啊，对我来说，这是一种殊荣，一种满足，也是一种幸福。

半年过去了，我的最后一批学生即将参加高考，我默默地为他们祝福、祈祷。我以为这样日子就平静地过去了，结果在鲜花盛开的5月的某天，我收到了他们的邀请函："亲爱的燕老，我们明下午4点照毕业照，大家都想喊你回来照，我们都好想你哦!"看到这里，我脑海里出现了三个字：可怜啊!看来，我必须毫不犹豫地前往，不要给这些爱徒留下遗憾，也算是为他们参加高考加油吧。

我又去了，登上讲台说的第一句话便是："我出走两年，归来依然是燕老。"他们的情绪已非常淡定了，加之高考迫在眉睫，望着我一阵傻笑，然后鼓起掌来。这次，我讲得不多，主要是鼓了鼓士气，因为他们马上要举行毕业典礼，需要回寝室换盛装。最后大家陆陆续续到了操场，开始各种合影。

这段故事写真就这样结束了。对于我这个夕阳之年的老师来说，能在急流勇退中来一段夕阳般的朗照，给我的最后一批学生开心、快乐，师生之间还能相互产生诸多感动，确实是"夕阳无限好"。

我愿做那夕阳的一角。

我家在那里

记得一首流行歌曲《我家在那里》这样唱道:"南风又轻轻吹起,吹动着青草地。草浪缓缓推来推去,景色真美丽……顺着小溪看下去,木屋站在那里。那是我温暖的家,我住在那里。"

这首歌在今天唱响,很适合我的家。

南风又轻轻吹起

初夏时节,成都多子巷29号院,谁会在乎雨后初霁,远处的雪山若隐若现,宛若仙境呢?因为在我们这群孩子的心中,上学、放学、玩耍第一。在那缺油少荤的年代,大家虽也有一日三餐,但总觉得永远吃不饱。暑假,白天大人们都上班去了,唯有孩子们坐镇。于是,今天偷张家的泡菜吃,明天偷罗家的腌菜吃,计划着,忙碌着,快乐着。殊不知,七八个孩子鱼贯而入别人家,提着悬吊的泡豇豆,边吃边往外跑,木地板上必然是泡菜水洒一路。最后,大人们下班回来,无须侦破,当然知道是院里的孩子们干的。孩子们饿啊,偷点儿咸菜解解馋也无可厚非。于是,大人们往往在说笑间就把我们这群孩子批评了。我们呢,吐吐舌头,伸伸脖子,再不敢冒犯。

20世纪70年代的成都,其城市街道规划、布局还基本保留着"民国"末期的模样。多子巷29号，两扇黑漆漆的大门总是处于紧闭状态，只在左门上开了一扇仅容一人通过的小门，随时敞开着，只在夜晚大家都归家了，才将其锁上。多子巷是一条细长的小巷，错车都困难，幸好那时也偶尔有小轿车通过，几乎不存在错车的问题。自行车也不多，时不时有几辆来往，有时在靠近院墙处玩耍，能听到墙外车铃声"叮铃铃"响过，划破闷热的午后。

在我们这群孩子的世界里，周围永远都那么安静，生活节奏永远都那么慢条斯理。交通不发达，经济不宽裕，我们也没有去远方探索的意识和想法。所以，在夏日能见度好的时候，常常在家门口望到的西岭雪山或幺妹儿峰之类的白雪之顶，对我们来说，没有什么意义。不过，不管你在意不在意，它永远都以银装素裹的姿态屹立在那里，不动也不移。我们抬头可望远方的雪山，但还是扭头在校园操场、院里的墙角沉浸式地游玩了。

"南风又轻轻吹起，吹动着青草地，草浪缓缓推来推去，景色真美丽。"

"天街小雨润如酥，草色遥看近却无。最是一年春好处，绝胜烟柳满皇都。"我留恋多子巷29号，虽然院落里没有杨柳依依，但为数不多的草色正在宣告：春天来了。春天年年来，但这一年不只是大自然之春来了，也是科学之春来了。四周变得嘈杂起来，生活的节奏不再隶属于慢时光。

自行车多起来了，勤奋读书的学子多起来了，人们谈论着中考、高考，谈论着经济建设和到沿海去打工。老成都的青瓦房在一点一点地消失，取而代之的是拔地而起的高层楼房。也就在这时，我家随父亲的工作变动，率先搬进了靠近文殊院的楼房里。

身居高楼，无比惬意。足不出户，就可在家里上卫生间；不需登山，站在阳台上，就可俯瞰人间万象：成片的青瓦房鳞次栉比，像一条条黑色的鲤鱼静卧大地。远处可观晚霞满天，近处可听楼下小四合院里街坊的谈话。这仿佛天上人间般的美妙感觉，总是让人浮想联翩。住楼房虽与邻居的往来少了，但私密性好了；虽每天上上下下要爬几趟楼，但若遇夏日的暴雨，绝不会有房顶漏水、房门进水之虑了；虽不再有可纳凉的院子，但家里的各样物件几乎不生霉了，在当时刚告别平房的我们来说，楼房周身是好处，周身是优点。

住楼房还有一个好处，可凭借天然的地势优势轻轻松松看到雪山。不过，有别于孩童时代的不关心雪山，在经济大发展、一切向前看的时候，我们似乎也不需要关心雪山。雪山，你一动不动地矗立在那里，我们可看可不看它，我们埋头在书海，奔跑在各自发展的路上，心中充盈着傲娇和奋斗的乐趣，认为只要踏实肯干，勤奋拼搏，生活及周围的环境都会越来越美好。

顺着小溪看下去

我们再一次随父搬迁，已是20世纪80年代了。我考上了大学，每周回家一次。尽管在家待的时间不多，但已强烈地感觉到这个靠近郊外、位于城边的家无比舒适、美丽。以前住在多子巷的宁静、优雅；后来住在文殊院旁楼房里的闹中取静，天生觉得居住环境就该这样。可是，随着城市建设的突飞猛进，渐渐地发现人口越来越多，居住环境几乎缺少了鲜花、草坪、小桥、流水的簇拥和点缀。所以，面对我们所住郊外的另一番天地，虽照例是楼房，照例是比较拥挤的小区，但走出小区，外面却是良田万顷，美池环绕，是画家们常常选上的川西坝子田园风光取景地。这一切，怎能不令人兴奋不已，乐不思蜀呢？

再来看看雪山，在成都西郊这片开阔之地上，几场大雨过后，远处的雪山总是羞答答地露出险峻的高峰和皑皑白雪。在这座全球唯一一座抬头可见海拔约五千米的雪山的超大城市里，我们再不敢，也不能对它不关心、不需要了。它冲出地平线，以圣洁的白向世人宣告：神秘在这里，美丽在这里，护佑也在这里。我们要对得起它的神秘、美丽和护佑，城市建设的声音应该再低一些，城市改造的规模应该再小一些；小桥、流水应该再多一些，花园、湿地应该再广一些。总之一句话，我们生活在西高东低的扇形平原上，优越、富庶和舒适不能成为生活的全部，而对生存环境的忧患意识，也就是我们给予雪山最好的尊重。"雪山啊，霞光万丈，雄鹰啊，展翅飞翔"。我们保护好了自身的生存环境，也就保护好了神秘、高冷、脱俗的雪山。反过来，雪山就会世世代代像一面高山之镜普照大地。

木屋站在那里

当我们走出国门，看到某欧洲小国在春天百花盛开的时候，总要在一些小镇搞庭院节活动，即各家各户用最美的鲜花装扮自己的庭院，以此进行比赛，选出冠亚军。这样的美事令我们兴奋，仿佛也激发了精心打造自己的庭院、装饰自己的庭院的欲望。于是，我们向往着有一座木屋，四周花园环绕。它是专门供我们精心打造和悉心呵护的，而这样的打造和呵护，本身就是一种与众不同的高档次的享受，更不必谈坐在这样的木屋里读书、会友了。

理想与现实很快结合了。在所居楼房的宽阔屋顶，我们建起了一座约三十平方米的长方形木屋，装修风格中西合璧，中式雕窗与西式教堂玻璃窗交相辉映，牛毛毡坡屋顶韵味无穷，前庭后院一应俱全。木屋的前院，前景是花草，后景是金银双桂；木屋的后院，简易的中式牌坊下用文化石地砖铺就，显得清爽、整洁，颇有在此喝茶、聊天的欲望。真是春有玫瑰夏有兰，秋有桂花冬有梅，俨然一座空中百花园。

这座木屋离雪山更近了。一来，在地理位置上更近了。二来，当我们深刻意识到绿水青山就是金山银山的时候，我们现代化的都市，高度文明的都市，就不能只有水泥建筑耸立，它还应该有回归自然怀抱的居住氛围。既不是多子巷时代的慢节奏的生活环境，也不是文殊院时代的"独上高楼"的闹中取静的生活环境，而应该是在高度文明的列车上载一座舒适、宜人的庭院森森。于是，雪山就不再只是一座座神山了，而是一份代言，一份人类敬畏自然的代言，一份人类与自然融洽相处的代言。

当晴空万里，美丽的雪山在成都平原展露尊容的时候，我们可以再一次高声朗诵："窗含西岭千秋雪，门泊东吴万里船。"

"那是我温暖的家，我住在那里。"

山 居

忙碌了一整天,心终于有了平静的感觉。这种平静,仿佛让我等了几十年。

静静地坐下,我们在熟悉的餐馆里点了喜欢吃的青椒鸡,舒坦地享用了一番。

青城山脚下,终于有了一套山居。

初秋时节,山居四周金桂、银桂怒放枝头。醇厚的香味,在毫无遮掩的贵气中,让你觉得它是枷锁,拴住了你的脚步;它是爱情,让你心无旁骛。如果现在叫你去一趟天宫,你定会提不起任何兴趣,只愿留在山居中。

几十年了,对青城山是不敢,也无时间与之尽情相伴。不敢,是因为它的清幽和脱俗乃世间罕见,我等凡人难以接近;无时间,便是忙碌地工作,艰难地生存,令我们心中揣着一座山,而脚下却蹬着自行车,或踩下汽车油门四处奔波。

十七岁那年,高考失利。在母亲和兄长们的陪同下外出散心,我第一次登上了青城山。天下竟然有如此美景!炎炎夏日没有暑热,全是幽幽的凉意。悬崖巉岩,古树恣意地生长,被雷劈断也罢,几百年屹立不倒也罢,飞禽走兽对之已见惯不惊了;山农、药农更是随处可见,攀缘、劳作,好似那里有无尽的宝藏。深涧中,雷鸣般的轰响,雪白的山泉奋力冲过飞落在沟中的岩石，山鸟们抖落羽翼上的飞沫，在水上、石上仓促穿越，有些惊恐。唯有我们这些都市里的游客，在山间小路上行走，无数的震撼，无数的情感随时在爆发。

美好的风光留存于记忆。高考的失利、失落，似乎也得到了慰藉。

岁月如梭。我们在青城山附近又找到了一处好风景。这次是同兄妹几家人带上自己的孩子前往的。

春天的早晨，静静的湖面，飞鸟翔集。乘小舟在湖面穿梭，只见清澈的水底横七竖八地躺着被自然淘汰的树枝。舟行缓慢，因为穿过宽阔的湖面，时不时就会遇见从水中长出的粗细不一的各类古树，小舟需要绕过或躲闪。系舟上岸，湖边山腰处粉红的高山杜鹃艳丽动人。游客很少，我们几家人在花下仰脖穿行，露珠在花上滚动，恰似通透的水晶。一花多头，如拳头般紧攥，在拥有珍禽飞鸟的山野间笑脸盈盈。

那时我们三十多岁，明媚的阳光就是大家心情的写照。而孩子们唱着儿歌在无人的小路上奔跑，那种持续的无忧无虑，就是他们长大后遇见烦恼、坎坷的良药。

其实，这里就是大名鼎鼎的龙池。当我们快离开的时候，才听当地人说起龙池名字的来历，是因为湖底有一条美丽的白龙，她是龙王爷的女儿。遗憾，好想再乘舟游湖去寻找那条白龙啊！

后来，为了找到那条白龙，我们兄妹几家人在当年冬天又去了一趟龙池。天昏地暗，白雪皑皑。湖水快结冰了，舟船已停运。我们只好望湖哀叹：这次又见不到水底白龙了。但当我们的视线跳过湖面，举目望天望山时，大家不约而同地惊呼：白龙来了！是啊，各种高高矮矮的灌木在白雪的装扮下，仿佛无数的白龙角在原野上游动。白龙来了！湖的四周，起伏的山峦被白雪覆盖，如同盘卧的白龙。白龙除了春夏秋三季在湖底居住外，冬日，它总是静卧在湖畔四周，与低垂的白云嬉闹。孩子们在白龙面前演起了情景剧，有扮圣诞老人的，有扮驯鹿的，当然也有扮接受礼物的幼儿的。他们临时约定了一些台词，在冬日无风的雪坡上、人迹罕至的小路边尽情奔跑。

靠近青城山的仙湖圣水、雪山白龙，又一次给我们自己定义的广义的青城山加上了高分：它不只是心灵的慰藉，也是快乐的源泉！

最后一次全家老小总动员前往青城后山避暑，距今也有二十多年了。当时，孩子们的功课不算紧，暑假更是以玩为主。而家家户户几乎还没有私家车，我们一大家子是邀约一起热热闹闹地搭旅游车去的。

后山还是山清水秀，但游客比以前多了。我们好不容易在山腰平台一农家乐住下，却发现这里没有一个像样的卫生间。也罢，一家人在一起欣赏美景，度过酷暑，比什么都强。一日三餐农家乐管饭，我们一行人有上山探幽的，下沟捉鱼的，在平台上玩牌的，玩得酣畅淋漓，不亦乐乎。

黄昏时分，父母把大家召集在平台上纳凉，吃零食。父亲讲起了青城山乃道教发源地之一，说天师张道陵就是在这里羽化登仙的。听到这里，想起十七岁那年上青城山时，去过著名的建福宫、天师洞、祖师殿、上清宫等。而当时由于太年轻，对那些古迹都没有啥感觉，只觉得老君阁上的呼应亭还有些意趣，"登高一呼，众山皆应"嘛。

后来，父母拿出下午在路边摊点买回的袋装食品，好像是猕猴桃干之类的。一打开，颜色浓绿；放进嘴里，味道苦甜，口感软糯。我说，别吃了，此物的添加剂太多了。我刚刚在农民那里买了点煮花生，咸淡、软硬正合适。于是大家放下袋装

149

零食，开始剥花生吃。我边吃边想，还是十几岁那次上青城山，路边农民主要是卖手工冰粉和当地所产的黄瓜等，完全没见过卖这些袋装小零食的。现在到处都在卖这种包装很好的袋装零食，既不新鲜，口感也不好，还制造了大量的塑料垃圾，破坏了环境。而父母年龄大了，难以分辨东西的好坏，只觉得买给家人吃就是对晚辈们的爱。我们体会得到这种爱。不过，在这种温暖中，却无端生出些许酸楚来。

夜幕快速降临，漫天星斗在山那边、山这边，更在我们头顶。大家吃着煮花生，说说笑笑，无比惬意，袋装食品的烦恼，早已忘却。

真是"天有不测风云"啊！那次山中旅行回来后不久，父亲在体检中查出重病。想起他当时在青城后山下山时双脚颤巍巍的情状，我们都有些自责，悲从中来：平时生活中对他关心不够。不久，父亲病情恶化，撒手人寰。于是，青城后山全家总动员成了我们不想触摸却不得不触摸的永恒的记忆。它再次为青城山加分，不只是因为有美景，有慰藉，有快乐，更是因为它是亲情的再现和最后的割舍之地。

青城山，在我心中就是一座后花园，美丽、欢乐；酸楚、别离，各种味道，应有尽有。因此，我们必须要有一套山居，一套青城山山居。

我的山居并不富有，一圈灰色的院墙，一池浅浅的蓄水，几尾红鱼，几朵莲花，就涂抹出了它的主调。这间院落靠近神山、仙山，它就不被人间烟火充斥，而是仿佛有了放飞的梦想和升腾的空间。

如今，老人们都纷纷故去，我们也在中年的尾巴上了。回首过往，经历了人生的起起落落，而灵魂却没有迷路，它竟执着地朝着那清幽和脱俗的青城山奔跑。我等虽是凡人，却痴迷于这种清醒地奔跑。

  无论是狭义还是自定义的广义的青城山,它在我心中的分数已经很高了。而我的心在青城山山居得以平静,的确是一种必然,而这种必然也确实需要走过人生几十年。

回 家

那个3月,身边仿佛布满灿烂的阳光。空气被花香浸甜,胸中充溢着历史的过往和现实的浪漫。电话那头是当代女诗人、作家银莲老师的邀请,电话这头是我的兴奋不已和不知所措。幸福来得太突然了——我受邀到望江公园去参加武侯区作家协会活动(当时还不是作协会员),听听作家、学者们是如何研究薛涛的。得知此消息,我已在云里雾里间狂喜。

因为出版纪实长篇《春心》,偶遇中国作协会员、武侯区作协副主席的银莲,她喜欢这部书。我说,这部书只是为川西历史做了个小贡献;她却真诚地说,哪里是小贡献,是大贡献。我们就这样在聊天软件的两端交流着。在她的鼓励下,我早已信心满满。

《兰亭序》里的"惠风和畅"在这天重现,我早早地出发了。因怕找不到地址,误了大事,必先"侦查"一番。在望江公园内"侦查"完毕,便静静地在位处公园里的锦江边的木椅上坐下,全身心感受这承载了蓉城厚重历史文化的江楼之美。

"望江楼望江流,望江楼上望江流,江楼千古,江流千古"。这望江楼上的千古楹联,一直只有上联,而下联几乎找不到绝对。据说,四川中江县有一口"印月井",于是有人便借这口井对出了下联:"印月井印月景,印月井中印月景,月井万年，月景万年"。不知，这算不算绝对。思绪就在这春风间漫不经心地跳跃，甚是惬意。

突然，一只苍鹭张开灰色的翅膀腾于江水之上，越飞越高，在明洁、通透的阳光下疾驰而过。它没有要引起我注意的意思，但它的起起伏伏并在东西两个方向来回、自由地穿梭，好像又是要引起我的注意。莫非是外祖父刘度来了？我刚完成的《春心》正是写了他精彩的大半生啊！而他作为"民国"四川彭县（现彭州市）最后一任县长，亲率彭县地方起义，与刘文辉、邓锡侯、潘文华的军队起义打了一个完美的组合，最终赢得了川西的和平解放，为新中国的建立立下了汗马功劳。就这么一个人，他是与望江楼有缘的。20世纪20年代，外祖父在国立成都高等师范学院（四川大学前身）读书时，因闹学潮被当局通缉，他就在望江楼上躲过了一劫。因此，外祖父的望江楼之缘仿佛又传递给了我，让我进入文学领域的第一站，就在清代古建筑"望江楼"里。只是他在惊险中巧妙地躲避，而我却在快乐中与既陌生又熟悉的文友们相聚。所以，应该是他来了，他在天上读到了《春心》，他知道，外孙女今天要到望江公园参加文学活动，于是幻化成苍鹭，在真真假假、虚虚实实间再一次与我交流。

该签到了，由于事先已侦查好，我顺利地来到了开会地点"枕流雅筑"。聊天群里说，作协的余懋勋老师在门口等大家。我快速地在二十几个人的群里寻找余老师，熟悉他的样子。还好，他的头像应该就是他本人。可是雅筑门前空无一人，我只好又在附近转悠一番，心里有点小紧张，因为今天见到的文友们，我一个都不认识，包括在聊天软件里已交流过几次的银莲。不过，她的照片我是见过的。

枕流雅筑掩映在高大茂密的竹林里。竹林里白鹭成群，如老人般的低咳之声此起彼伏。白色的粪便随处可见。不过，在颇得人文、自然之趣的江边竹林里，这种白色并不令人厌恶，反而有误入竹林深处之妙。

好像是余老师来了，我上前打招呼。他回过头来，整个人显得安静而稳重。由于我才完成新作《春心》，还沉浸在"民国"的故事中难以自拔，因此，总觉得余老师颇具"民国"文人气质，内敛、热情、厚道。我们正寒暄，远远地，银莲老师走来了，和照片上的她完全一样：高挑的身材，步履匆匆，齐胸的长发，浪漫飘逸。我迎上前去招呼她，做了自我介绍，她这才高兴地与我微笑、握手。于是，微信里的隔空交流，终于找到了真实存在的感觉。

进入雅筑，我和银莲老师顺着黑色的木制廊道往里走。小花园里，一些作家已先到了，正轻松地喝茶、聊天。银莲老师给我介绍了已到的作家刘馨艺和上官琳娜，她们都比较含蓄，笑脸盈盈的。

武侯作协副主席兼常务秘书长的张叉老师来了。银莲起身向他介绍了我。只见张老师身材瘦弱，发型极具个性，浓密的头发扬起来，好像一把火炬。随着他在花园里的来回走动，"火炬"好像在燃烧。五四青年！我脑海里闪过这样一个名词。他热情地与我握手，笑逐颜开。

后来，又陆陆续续来了一些作家、诗人，我们相互认识着，交流着。

已经过了开会时间了，大家好像还在等什么人。我们进到会议室里继续等待，雕窗画梁，光线明快而活泼。来了，来了，后来才知道等的是中国作协会员，也是武侯作协的杨虎和朱晓剑老师。

身材微胖的成都薛涛研究学会办公室主任，也是武侯作协会员的徐成君老师,作为东道主,他向大家发话说:"这下人到齐了,我们先到公园里参观参观,然后再回到这里研讨。"听罢,大家鱼贯而出。

据讲解员说,望江公园的竹子有二百余种呢。是啊,作为明清时代就修建的望江公园,是为了纪念唐代女诗人薛涛(字洪度)的。薛涛著名的《酬人雨后玩竹》这样写道:"南天春雨时,那鉴霜雪姿。众类亦云茂,虚心宁自持。多留晋贤醉,早伴舜妃悲。晚岁君能赏,苍苍劲节奇。""虚心自持,苍苍劲节",正是薛洪度一生的写照啊!她的风骨,她的气度,她的高贵,尽在竹韵中。所以,偌大的望江公园,竹,成了最靓的风景,一看到它,就仿佛沐浴在女诗人薛涛高节、脱俗的诗的氛围里。

望江楼公园里的"枇杷门巷",来自唐代诗人王建赞美薛涛的诗:"万里桥边女校书,枇杷花里闭门居。扫眉才子知多少,管领春风总不如。"穿过门巷,纪念薛涛的古建筑群和小庭院映入眼帘,最抢眼的当数"流杯池"和"清婉室"。前者来自王羲之的"曲水流觞",寓意薛涛的书法深得羲之之神韵;后者取自《诗经》的"清扬婉兮",是后人对洪度诗歌的极高评价。

走过女诗人纪念馆,参观结束了。大家都有醍醐灌顶的感觉,精神饱满。

回到室内,张叉老师开始主持会议了,先由成都薛涛研究学会秘书长汪老师做主题发言。她在发言中,展示了一些研究成果,然后希望在座的作家们能创作一部有关薛涛的电影和电视剧之类的作品。

开始自由发言了。虽然我们刚走过"流杯池",却没有像古代文人那样依次坐在水边,让酒杯在水上漂浮,漂到哪位面前，哪位就端起来吟诗。但是，张叉老师举起的话筒就是我们的酒杯，它是声音的酒杯，智者的酒杯。传递开始了，大家一个接一个依次发言。银莲老师刚发表了一篇散文《江流千古望江楼》，较全面地介绍和解读了薛涛，使大家颇受启发，而众作家、学者的发言也是精彩纷呈。最后大家的观点汇拢至一起：去薛涛的污名，为其正名。若按薛涛研究专家张篷舟的观点来看，曾做过乐妓的她，并不影响其劲节清婉；而如果按学者羊村的观点来看，此薛涛非彼薛陶，清婉劲节就使真正的洪度秀冠锦江、峨眉，巾帼不让须眉了。

在会议结束之前，张叉老师让我这个旁听生也说两句，我感慨道："今天，我是来向大家学习的。听了作家、诗人和学者的发言，如沐春风。在这纷杂的世界，还有这么多人在追求诗和远方，着实令人感动。"是啊，我和这些作家、学者们素昧平生，却参与了他们精彩的学术讨论。大家的观点和表述颇能引起共鸣，哪里还有什么陌生可言？陌生的熟悉者们，我们在同一条路上相遇，真乃三生有幸啊！

家，这不是普通意义上的家庭，而是文学之家！

回家，我推门而入，好像闻到了东坡肘子的味道，听到了韶乐的美妙。不需面朝大海，心里早已春暖花开。

花溪已沉入海底

在我国西南云贵高原有一片云，一片神奇的云，它就是贵阳的花溪。溪流在大地上蜿蜒，但当它与我远隔千里万里，很难触摸的时候，它就像头顶的云，瞬息万变，捉摸不定。

不过，在我心灵深处，它永远是快乐、幸福的源泉，是能够用五种感觉器官感受到的地方，因为我至爱的小孃，即我母亲的五妹就生活、工作在那里，而我与她感情颇好，情同母女。只要想到碧玉般的河里游泳，我可以去花溪；只要想吃丝娃娃和恋爱豆腐，我可以去花溪；只要想看雨后的彩虹并上山采蘑菇，我可以去花溪；只要有高兴或令人郁闷的事，我也可以立马飞到花溪。花溪，正如它的名字，仿佛有夹岸的花木将其簇拥，一年四季河水丰沛，石灰岩地质结构主宰了它永不混浊的色泽。

但是，我从未想过会失去花溪，我怎么可以失去花溪？花溪怎么可以与我不辞而别，瞬间沉入海底？"当一艘船沉入海底，当一个人成了谜，你不知道，他们为何离去，那声再见竟是他最后一句。"这一次真是"后会无期"啊！至爱的小孃得了流感，她给我打来电话，我们相互交换身患流感的感受，都坚信对方能最终战胜病魔，获得新生。可是，一天午后，我们大家族聊天群里突然传来三孃发的这样的消息："二弟，现在我们九兄妹只剩我和你了，千万要保重啊！"我们刚在半个月前从这个群里得知二孃已因病过世了，这儿又来一出"只剩我和你了"，三孃说这句话，莫不是要告诉我们，我们亲爱的小孃也匆匆而别了？简直不敢想象，也不愿和不能想象，三孃是不是搞错了？屈指一数，三年了，2019年年底，小孃还来过成都看望她病重的大姐，即我的母亲。当时，身体壮实的她相距死神十万八千里，我们还计划着到她深爱的花溪去小住一段时日。这一切都还未实现，她怎么就可以不辞而别，连同她深爱的花溪一同沉入海底呢？不能相信，也绝不相信。可是，消息一出，群里立刻如沸水般翻涌起无数追问，我知道，这一切都是真的了。她打电话给我讲自己患病的经历，竟是与我最后的告别啊。老天，这无异于晴天霹雳，请你放过我吧，我深爱着这个世界，但失去小孃的这一天请让我绕行，让我继续保持对世界的感情，而不是掀起对它恼怒的狂潮。但我们终是绕不过去，小姨父在今年年初病故时，因各种原因，我无法从成都飞至贵阳去凭吊，一直耿耿不寐，总是安慰自己说，小孃还在，身体也硬朗，以后要好好孝敬她，以弥补这次的缺席。可谁知小孃竟在今年年末驾鹤西去，这是上天在给我们开玩笑吗？这是要我们拥有怎样强大的内心才扛得过去啊？世间最般配的一对夫妻，一对最相爱的夫妻，难道真是不求同年同月同日生，只求同年同月同日死吗？小孃走了，真的走了，开启了她漫长的远行。"一条路，落叶无迹，走过我，走过你，我想问你的足迹，山无言水无语。"她像一片落叶飘零，再也找不到她立于枝头的痕迹。

夜幕降临，我好像看见小孃来了，还是那么年轻、美丽，那么有亲和力。她在我屋外的木地板上发出趿拉声，而我则躺在床上静静地听，不想起身，是因为不愿打破这"假亦真来真亦假"的情景。我们计划到哪儿去玩儿呢？去赏梅花吧。记忆中小孃最爱成都的梅花，因为她很小就随父到了成都，这里的一马平川和沟渠密布，成了她心中永远抹不去的记忆。尽管贵阳花溪有山有水，有世界级风景，但哪儿比得上自己的故乡啊！它曾对我讲过，小时候在成都九眼桥附近的河堤上看到，渔民打了好大的几条鱼上木船，他们笑得黄板牙都露出来了。对儿时的记忆能如此清晰并久久不忘的，那定是远离家乡太久、思念家乡太深的游子。不能回到家乡生活和工作，那应该是小孃心里永远的痛，虽然她在贵阳花溪拥有幸福的家庭和令人尊敬的大学教师工作，但都很难消除那种痛。

记忆就这样如汩汩泉水奔涌着。如此山清水秀，宁静悠闲的成都，还有陆游所写的梅花来添彩："当年走马锦城西，曾为梅花醉似泥。二十里中香不断，青羊宫到浣花溪。"这样美妙的仙境，怎能让故乡的梅在小孃的心中轻松割舍？

那年暑假，她带了三个研究生来成都，约着我和她们一起玩。我们乘着夏日清晨的凉风，兴致勃勃地前往百花潭一带游览。盛夏虽没有红梅，但我们却在散花楼下遇见了陆游所写的梅花，大家兴奋地诵读，大声地议论。

最后，小孃发问，这个醉似泥的"醉"怎么理解呢？

学生甲说："二十里都开满梅花，那惊艳的色泽，强烈的视觉冲击，带给人酒后的效应，所以是'醉'。"

学生乙说："既然是'香不断'，那肯定要把游人熏醉啊！"

学生丙说："古诗云'宝剑锋从磨砺出，梅花香自苦寒来'。梅花的香绝不甜腻，但招摇，是一种苦寒之香，带着水汽，带着土腥；带着酷暑的聚集，带着三秋的澄明，那是极有韵味的一种香，相当于天地间四季的精华全都浓缩在梅花的味

159

道里。能不醉人吗?"

作为一位植保系教授,能在业余时间引发学生对文学的爱好,说明她自身兴趣、爱好广泛,而这样的引发对学生一生的影响都将是全面而有益的。所以,这次她来我家,一定要带她赏遍成都的梅花。

突然,趿拉声没有了,消失了,我这才欠了欠身看看窗外的情景。小嬢何曾来过?她早已远去。

趿拉声仿佛又回来了,它在窗外响起。那年春节,小嬢安排好贵阳的一家人,独自来我家与她亲爱的大姐及大姐一大家子共度新春。我们好开心啊,特别是我,当时正读大二,甚闲,最喜欢小嬢来我家小住。由于她心态很年轻,我们总有聊不完的话题,一会儿谈文学,一会儿谈音乐,一会儿谈旅行。

除夕之夜,我母亲和她就在厨房打主力,而我在她们心目中还是个小屁孩,啥都不让我做。于是,我就在厨房闲着听她们聊天。她们边做事边聊,兴奋之至。

该上菜了,只见小嬢和母亲你一盘、我一盘地将热气腾腾的菜端上了桌,桌子仿佛一下子就变小了,什么菜都放不下了。

最后,最精彩的时刻来了。小嬢端着一个雅致的白盘神秘地说道:"这是我和大姐的独创,大姐、大姐!你快过来说第一句,我好说第二句。"她边说边招呼大姐。母亲从厨房来到饭厅笑眯眯地说:"红绿白玉盘中卧。"小嬢得意而抑扬顿挫地说:"深藏不露白水兔。"说完,大家边鼓掌边笑。

笑后询问才知,这就是一盘普通的凉拌兔,只不过在白水兔的面上盖了一层红白萝卜和莴笋丝罢了,这哪里说得上什么独创?但是,用萝卜丝和莴笋丝取代大葱丝,且还有诗句相配,也算是这个小小家庭之宴的大创意了。

热气腾腾的菜就这样随着一阵烟雾飘走了，那些温润而甜蜜的时光好像也随之消散，再难重现。窗外仍是空无一人，只有几声鸟鸣和路人的说话声。

小孃过世后的第三天，我终于告别了梦幻迷离、时光错乱的精神状态，回到现实中。当一种难得的清醒将我绑定后，我似乎突然明白：失去小孃虽是万箭穿心，但快乐的片段总是带给人愉悦的。

那年暑假在贵阳，花溪的水又绿又静，我们在花溪划充气船，小孃提议，要对得起这美好的风景，一定要唱唱邓丽君的歌。于是她起头，大家跟着她唱《水上人》："你说你爱那水荡漾，我说我爱那水涟漪，美丽的河水有情意，拴着我它也拴着你。"唱完她说："我最想成都的亲戚来花溪，看到你们，我的思乡情就得到了极大的安慰。"说完眼睛有些湿润。大家赶紧都把头别过去，指着河边的水鸟，让关注点转移。小孃深爱花溪，大凡有成都的亲戚朋友到贵阳，她都要带他们到花溪一游。若亲朋好友住在她位于花溪旁的家，那就每天跟着她游两次，早晨一次，傍晚一次。我就是这样，去过无数次花溪，也跟着小孃深深地爱上了花溪，随手一指：这里是平桥，这里是黄金大道；那里是青岩，那里是天河潭等。

美丽的片段，数不胜数，零零碎碎，点点滴滴。我和小孃之间从来没有红过脸，从来都是如此琐琐碎碎，平凡细微。其实，小孃在事业上也颇有成就，她在贵州大学从事高等教育和科研工作长达四十余年。早年主要从事虫生真菌资源调查及应用研究；后期重点从事应用虫草无性型温室、仓储害虫的真菌防治及蝉花生物多样性的研究。曾先后三次赴罗马尼亚与韩国执行国际合作课题；获国家发明专利三个；获贵州省政府授予的科技进步奖二等奖两个。这些都是小孃于国家、于社会的贡献，而我和她之间则是在生活的琐琐碎碎和平凡细微中筑起了友谊的长廊，这是她于亲情的付出。小孃走了，但这条长廊还在，我可以随时在里面走走，独自欢畅一番。

不久，小孃的小儿子打电话来说，春节他和他的妻子要到成都。他母亲最后一个心愿，那就是给她已故的大姐过一个"生日"，同时，与三姐和二弟及所有的刘氏后人团聚。她小儿子说完这些，已泣不成声。

春节聚会后，我们知晓了小孃病后及过世的全过程，大家心里都很压抑、悲伤。而最令我动容的是，小姨父和小孃生前已约定：过世后，小姨父放弃回归他的镇远故里埋葬，小孃放弃回归她终生难忘的故乡成都埋葬，他们取一个非地理上而是情感上的中间位置——花溪来埋葬，这是怎样的两情相悦和命里注定，才有这样浪漫的约定啊！

小孃早已与她深爱的花溪融为一体，无论是活着还是死后。而当春节聚会上众亲兴致勃勃相约再去花溪时，我却感到这是一件太困难的事了，因为花溪总有两个鲜活的生命，或在家中喝茶，或在路上行走。再去花溪，我还去小孃家里找不找她呢？找她，我不能接受再也找不到她的事实；不找她，那花溪已失去了它全部的意义。花溪已随着小孃沉入海底，我不能往那个方向看，更不能往那个方向去。

真想让小孃过世的消息成为谎言和欺骗，我愿意活在那虚幻的世界里。永别了，小孃！永别了，花溪！

他

他像一阵风远去了,去得干净利落,去得潇洒自如。

年轻的时候,有人说,他像某青年演员;年老的时候,有人说,他像某中年演员。不管像谁,反正他是帅了一辈子。

他来自燕赵,血脉里流淌着燕赵悲风;他来自北方大学,骨子里沉淀着诗人的气质;他来自军队,为官为人清廉、大气、无私;他教育子女雷厉风行、艰苦朴素。

他离开部队后,写过党史,管过报刊,搞过水利,拍过电影。这是他一生说平凡也不平凡,说普通也不普通的过往。而作为生活中极普通的丈夫和父亲的他,又是如何扮演着这些角色的呢?

当妻子的家人落难之时,他无私地帮助她的每一位家人。这个交不起学费了,他交;那个吃不起饭了,他慷慨解囊。他用自己的肩膀不光担起了自己的小家,还担起了妻子所在大家庭的大部分责任。在那个崭新而特殊的时代,他像一阵热烈的风包揽一切,接纳一切;即便在事业巅峰的闲暇之余,也乐意为大家付出,始终抱持着豁达而乐观的态度。

如果这为自己的家人、亲人无私地奉献也没什么值得夸耀的话,那他为家人、亲人以外的人又是怎样做的呢?

他所居大院总共九户人。周末下午,他总要带一些电影票回来。小朋友们知道后，一哄而上。然后他便说："不能抢，大家先排好队，我才发票。否则，就不发了。"这话还真灵，小朋友们立即一个挨一个排好了队，眼巴巴地等着发票呢。而星期天，常常有大院里的男孩子请他理发，他总是很乐意地为小朋友服务。有一次，大院里一位同事的老妈病危，躺在家里的床上气若游丝。这位同事悲伤过度，以致乱了方寸。当老人命归黄泉后，这位同事谁也不找，就只找他。他仿佛得到了冲锋的命令，直奔同事家去。最后，是他独自一人抱起了刚过世的老人，缓缓前行，将老人送上了停在大院外的救护车，他身后跟了一群大院里的大人和孩子。从此，在孩子们的心目中，他就是英雄。还有一次，那是在遥远的湾丘五七干校。他的邻居也是同事在干校炊事班劳动，某一天站上宽大的灶台边沿，往翻滚的开水里下面条，结果一不小心滑进了锅里，那烫得他是呼天喊地。当大家把这位同事救上来后，大面积烫伤，人已昏迷不醒。在医院抢救时，医生说，如果不马上输大量的血，将危及生命。他好像又一次听到了冲锋号，奔赴医院，经医生检测，B型血型的他可以给伤者输血。于是，三百毫升的鲜血像涓涓细流涌进了那个邻居也是同事的血管里。这一次，就不光是孩子们了，连大人都认为他是英雄。

燕赵的悲风，文人的素养，还有曾经有过的军旅生涯，养成了他大气、无私、豁达的性格，而军人的主要职责乃是为人民服务，这早已在他血液里根深蒂固了。因此，为家人奉献，为外人助力，就成了他生命里自觉而快乐的行为。他要让自己尽量变得纯粹一些，高尚一些，真正实现军人的担当。

他在教育子女方面也很有一套。他是从旧时代过来的人，但他不教子女背《三字经》；他是新中国缔造的参与者，但他也很少教子女背什么语录之类的，他把军人的优良作风带回了家，言传身教在他的有意无意间自如地运用。

　　他行动敏捷，做事从不拖泥带水。这一点影响了子女，也教育了子女。于是，孩子们被要求早睡早起，做完作业才能玩耍；孩子们上床睡觉前，他总是要出去漱口，并说："我漱了口回来，你们就要闭上眼睛了哦"，这些话往往很灵，每次他漱口回来，孩子们不说真睡着，至少是假装闭上了眼睛。当然，闭着闭着也就真睡着了。他家离孩子们的小学很近，但他仍然要求子女早点儿去学校，还说："到学校要快、静、齐，一切行动听指挥。"子女们在这样的要求下，经常是各自班上第一个到校的。每年开学，他照例会拿一些牛皮纸回来，教孩子们包教科书，孩子们就在这样的包书活动中，潜移默化地埋下了书很重要，读书更重要的种子。子女们有了这些良好的生活习惯和学习习惯，各种文化知识、科学知识自然是不需谁强迫，都会主动地渴求和认真地学习了。

　　他不光要求自己生活简朴，节约至上，也要求孩子们这样做。他最爱对饭桌上的子女说的一句话是："谁知盘中餐，粒粒皆辛苦。"然后，便欠起身来检查孩子们碗里是否有剩余的米粒。孩子们并不怕他，而是很敬重他，面对这样的举动，常常是报之以顽皮的微笑。当然，碗早已被舔得干干净净了。

　　他还常挂到嘴边的一句话是："生活向低标准看齐，学习向高标准看齐。"孩子们参加学校的扫墓活动，都要外出一天。他给他们准备的午餐，就是在食堂买的一个馒头或花卷，孩子们扫完墓便坐下来，就着军用水壶里的白开水，开心地将冷馒头吃下。而个别同学带罐头去吃，孩子们一点儿也不羡慕，反而觉得他们过于奢侈，因为生活向低标准看齐，艰苦朴素已在他们心中扎下了根。不过，生活总有不如意之时，当其中一个子女仅以九分之差而未过当年的高考录取分数线时，他非但不生气，也没有任何埋怨的意思，而是写了十条未上高考分数线的好处，以此安慰子女，并激励她复读，来年再考。这样的教育方式，曾令当年多少高考落榜的孩子羡慕啊。因为这样的教育方式太有智慧了，鼓励孩子向上，但不排斥挫折会降临到孩子身上，当孩子们暂时达不到高标准时，他会不失时机地教育他们，鼓励他们，让他们不会成为泄气的皮球。能如此这般教育孩子进退自如，已不是简单的智慧了，而是充满深深父爱和极具有责任心的智慧了！

他在生活中所做的这一切，让孩子们终身受益。孩子们都很正派，不随波逐流；孩子们学有所成，对社会多多少少都做出了贡献；孩子们性格乐观，抗打击能力强；孩子们不喜攀比，优哉游哉地过着自己的生活。

而他在给予了孩子们如此多的精神食粮之后，终是抵不住岁月的剥蚀，身患重病。在他永诀深爱着的家人们的前夕，吟诵起与他的姓氏有关的诗句"大雨落幽燕，白浪滔天"。"落幽燕"三字，作为诗人的他，是在隐晦地告诉家人们，他即将远去！

燕赵的悲风、文人的底蕴和军人的洒脱让他一辈子的确是诗意地栖居在人生舞台上，妥妥地帅翻全场。

他是谁呢？他就是我深爱的父亲——燕征。

2024年，父亲来过

早在跨世纪的 2000 年时，父亲就已仙逝。二十四年后，即 2024 年的 12 月，他回来了。

极寒的天气很任性地到人间逛了一遭，结果它的任性害得世间人纷纷倒下，或伤风感冒，或流行性感冒，轻重缓急，肆意在人间张扬着。我不争气地加入了感冒者队伍，虽不是什么流感，但病得很重，整天都倒在床上，竟有万念俱灭，生无可恋之感。

躺了一天了，夜幕降临，继续入睡，于是梦的世界取代了现实世界，见到了在现实中早已见不到的亲人，幸福万般，妙不可言。

梦很深邃。父亲来接我了，还是那么年轻和英俊。而我却是幼儿园的小朋友，站在教室里，看着窗外正慈祥地向我微笑的父亲。我没有和他说话，他潇洒的气质和大气的性格，就在他帅不可言的眉眼间定格了。

天下最好的父亲，最无私的父亲，最开朗的父亲，也最帅气的父亲，怎会像芸芸众生一般生老病死呢？他不属于死亡，他应随着喜爱他的好友亲朋成为不灭的乐章。他的好，可以用一种最具有口语化且有亲和力的话语表达，其涵盖的意义无穷万千；他的无私，我曾在公开发表的散文《军人的他》中写过，对家人的无私，对他人的无私，从来都以一个真正共产党员的高标准来要求自己。在内，将自己的工资分给家人以外的亲人享用；在外，他用自己的鲜血拯救过同事的生命。

他的开朗，最经典的表现就是，我第一次高考失利，他不但不嫌弃，还送我十条没考上大学的好处。他其实不是真正谈考不上的好处，而是不让我泄气，迎头赶上。于是，高考失落带来的不适感和沉闷压抑感，就在他开怀的一笑和开朗的劝说中消失殆尽，并成为来年再战的动力。他的帅气，自不必说了，具有以上气质和性格的人，又来自宽广、大气的北方，同时又有过北方大学的求学经历，与著名词作者乔羽是同窗好友，不帅都不行。

醒来，病好了大半。身体虽轻松了，但梦境的美则令我沉醉，不愿离去。就在梦里吧，这是现实的虚幻和曾经的真实。既然是曾经的真实，我们为什么不能回到从前的真实中去呢？又为什么非要急匆匆地撇下父亲，向前疾行呢？

看来，时间也不一定全带来治愈，它在擦掉过去不堪的同时，也让我遗忘了曾经的美好！在这个意义上，我宁肯相信一些科学家的说法：世间原本就没有时间，这个概念是人为建立起来的。若真没有时间这个概念，那父亲还在，他只不过四处云游去了，今年12月还来过我的身边。

父亲的确从未离去。我们自驾周边旅行，常常是车载音乐相伴。偶然中放上了耳熟能详的苏联歌曲，于是，旅行变得既欢快又伤感。欢快的是，大多数歌曲我们都能跟着唱；伤感的是，真实的，有血有肉的父亲，就在这些他年轻时极其喜爱的歌曲中"复活"了。

有过军人经历的父亲，年轻时很喜欢苏联哥萨克骑兵，喜欢他们帅气的装束和英勇、顽强的战斗作风。所以，在那缺衣少食的年代,他的哥萨克梦就在一双雨靴(不可能有哥萨克军靴)的装扮下,悄然又高调地实现了。有雨的天气,他必穿上雨靴,看上去确实帅气、潇洒,非同一般。

正想着这些,车载音乐唱起了《哥萨克之歌》:"千军万马在草原上飞奔/日日夜夜翻山越岭/无边无际亲爱的祖国大地/红军的骑兵向你致敬/顿河啊顿河请你尽情歌唱/两岸的土地鲜花芬芳/可爱的姑娘田野牧场花园/永远也不准敌人侵犯/假如那敌人胆敢再闯国境/我们就一定拔刀相迎。"(部分歌词)

这首保卫祖国,保卫和平的自由之歌,就在哥萨克似的进行曲旋律下,深情、勇敢、激越地演唱着,万马奔腾,直刺敌人胸膛的画面在眼前如电影般地迅捷而过,令人热血沸腾,兴奋不已。

父亲和一群哥萨克骑兵躺在一间大大的白色房子里,消毒水的味道扑面而来。只见他听到这令人振奋的歌曲后,率先拔掉输液的针头,虽早已形容枯槁,脸色苍白,但他用尽全身的力气颤巍巍地站了起来,接着竟轻松地滑动着步履,与跟着他站起来的哥萨克骑兵们一起滑动细碎的脚步站成整齐的一排,跟着《哥萨克之歌》哼唱了起来。声音由小变大,脸色由白变红,身体由弱变强。

最后,一个个竟踩着节拍跳起了哥萨克踢踏舞。兴奋的狂潮在白色房间里涌动,医生、护士们循声赶来,惊诧得目瞪口呆,接着便忘情地也滑进了舞池。

这不是梦境,而是坐在车上,听着车载音乐,欣赏着窗外的风景,脑海中再现的真实场景。当然,这是脑海中的真实,不是我们所说的现实中的真实,但它应该是符合父亲性格和心思的虚拟中的真实。父亲生前未实现的这场哥萨克盛会,我帮他在这短暂的旅途车载音乐会中实现了。二十四年的云游,他在2024年12月归来,来看他深爱的孩子们,来真真切切地演唱一次《哥萨克之歌》,然后带着这圆满的梦,再度归去!

每一代人都有每一代人的理想天地和燃情岁月。父亲写了一辈子旧体诗和新体诗,唱了一辈子苏联歌曲。而我的身体里一直涌动着他的鲜血,从这个意义上说,在他归去的那天,我就变成了他——父亲的理想和心思,除了在他自己身上,也在我身上得以实现。我的迟到的"读万卷书,行万里路,写万篇文"的人生座右铭,父亲在天上早已俯瞰到了,他为我骄傲,也为他自己有这样的血脉延续而自豪。

时间,人世间究竟有没有时间啊?这已不重要,也不需要求证了,因为父亲从未离开过我们。他是上辈子的我,我是这辈子的他。我在这"读万卷书,行万里路,写万篇文"的迟到的人生座右铭感召下,了悟了人生最深远的价值,也就已经完成和正在完成这辈子的他该完成的事情。

知足了,平静了,喜乐了。这就是我2024年的终极体验。我用"2024年,父亲来过"这独特的方式,来告别昨日,喜迎新年。

瞿上花开

在瞿上，寻觅那份久远的失落。

瞿上，是诗经般典雅的名字，而它还有一个俗名叫"海窝子"。关于"瞿上"的所属地众说纷纭，但蜀王柏灌建都瞿上之说却似乎成为公认的事实。于是彭州海窝子，面对湔江在此绕的一个仿佛宽阔海面的大湾，还有一个清流不绝的小石窝(洞)，便妥妥地坐稳了这个方言俚语般通俗易懂的名字，几百上千年不变。芝麻饼炕起，玉米粑粑烤起，烫油鹅烫起。一条长约一千五百米的独街上，可觅的食色，可嗅的芬芳，比比皆是。脚踏的土地古老得掉渣，但簇拥着路两边依地势而建的川西民居，早已从女儿墙、小青瓦、穿斗结构的明清、"民国"风格变成现代的两层仿古建筑了。花香一条街，各家各户门前栽种着品种不同、花色迥异的盆栽花卉，虽并不是经过园林艺术家之手的精美盆栽，但那来自民间的，来自乡土的各种花的呈现，却自有一种可亲可爱之美。

瞿上找到了，古蜀中心找到了，还有一份久远的失落需要找到。其实早已找到，但海窝子人、彭州人，还应对这份久远的失落来一次缅怀和典藏。

我得到一份邀请，一份来自彭州海窝子的邀请。它如一只欢快的蝴蝶，在仲夏时刻飞临我的窗前。其呈现的海报这样写道："八月六日下午两点半，彭州通济镇海窝子三加二读书荟，特邀某某莅临现场，为我们分享她的新书《春心》，让我们了解一段老彭县鲜为人知的历史。"

2024年秋天来临前最炎热的一天，我坐上海窝子三加二读书荟总负责人曹老师派来的司机小吴驾驶的汽车，听他跟着U盘里的歌一路欢唱，蓝天白云成了心情的点缀，朗朗日光成了兴奋的渲染。

到了，到了。从前一直不满足仅徜徉于海窝子那条纵向的独街，总想在它横向的小路上畅游一番，并觅得些什么，今日终于如愿。走进独街，穿进横向小路，天地豁然开朗，青山排闼，绿水悠悠，一座颇具有现代风格的轻钢结构白色大屋檐房屋矗立眼前，曹老师远远地迎了上来。

曹老师带着我们参观了该公益读书荟的几个亮点：二楼的大教室，可容纳几百人上课。在响应当地政府的"点亮百里画廊，开启彭派夜生活"主题活动中，此处已开起了夜校。而二楼中等大的教室和一楼的小教室，则是提供给古镇和乡下孩子放学后无人接送和辅导时免费使用的。一楼的水吧专供来此读书、学习和搞各种活动的人准备的，咖啡、茶水、白开水，一应俱全。一楼还有丰富的藏书和可容纳二三十人的小型会议室，窗明几净，整洁漂亮。最后的亮点便是：此地的古蜀文明非遗技艺龙门绣，曹老师创意的"蚕丛蜀字"，由当地绣匠彭晓华绣制。其桑叶代表绿色的大地，洁白的蚕俯卧其间，托起由明黄、橙黄两色组合的"蜀"字，给人温暖、宁静和美的感觉。"蚕丛蜀字"旁还码放了一排颜色不同，颇为陈旧的小学生作业本，其主题是"谁的童年没有作业"，大家对此情不自禁地感叹：这简直就是文物级别的收藏了。而我却在心里偷偷念叨："现在的乡村竟然可以这样，文化活动做得丰富多彩。"

室外热浪翻滚，室内凉爽如秋。曹老师向大家宣布分享会开始。他先介绍了彭州方面的客人,有来自作协的文友,有当地的乡镇干部,也有当地的村民等。当他说完"某某将为我们带来一段鲜为人知的彭县故事"后,观众席上响起热烈的掌声。

怀揣万分激动的心情,在彭县解放前夕最后一任县长刘度深耕过的热土上,深情朗诵了我写给他的诗《爱的投递》。当读到最后几句"现实世界,爱永远无法投递;《春心》里面,爱早已飞向了辽远的西山"时,我已与客人们进入了一种共情状态,《春心》的故事拉开了帷幕。

当讲到本书取名《春心》与此处的瞿上有关时,大家又一次竖起了耳朵。传说这瞿上曾经的蜀王杜宇重视农业,死后幻化成杜鹃鸟,在每年开春之时,为劝农劳作而辛勤地啼鸣,有诗做证:"望帝(杜宇)春心托杜鹃。"于是,我便有了这样一个灵感:曾经的刘度也重视水利和农业,他就像杜宇一样,为了天下苍生的农事悲情地鸣叫,鞠躬尽瘁。

彭县这些鲜为人知的老故事就这样慢慢地讲开来。我仿佛在时光的隧道里逡巡,时而是现在,时而又是从前。因此,这又何尝不是那份久远的失落呢?庆幸的是,此时此刻,这份久远的失落已在这古镇乡间得到了短暂的缅怀和恒久的典藏了。

瞿上寻觅。我觅得了它的古蜀文化,也觅得了它的近代历史,这是一种时间上的觅。而我不满足于海窝子独街上的一走到底,已在它的横街间有所发现,有所惊喜,这是一种空间上的觅。还有那诱人的食色和怒放的鲜花,更是一种作为人最本能的觅。

古诗有"陌上花开"。短短四个字,却为我们描绘了一幅意境深远、难以言表的美丽画卷;而仿句"瞿上花开",也是四个字,却为我们开出了灿烂的历史之花,丰富的文化之花,美丽的乡村振兴之花。

173

君山行纪实

阴天的早晨,秋风飒飒。

我们驱车一行人:彭州作协主席王方强、诗词部马老师等,在薄薄的青雾中穿行。一会儿疾驰平原,一会儿又在山路上缓行。

当茂密的植被进入我们的视野,在路的两旁耸入云天时,天空瓦蓝,空气异常清新——彭州君山村到了。

一座不算大的圆形停车场旁有一条小路,感觉是农人上山砍柴之道,我们的大队人马不会在那里面。结果,锣鼓的喧嚣与音乐的混响同时释放,我们才幡然有了"复行数十步,豁然开朗"之感。

走过小路,眼前是一个开阔的、可以容纳几百人的平坝。朝平坝边缘走去,著名的湔江河谷映入眼帘。由于上游水库蓄水,只给了下游一个基本流量,于是呈现在此处的是卵石裸露,蒹葭依依。

这是一个特别的九九重阳日,我们轻轻松松登了高,望了远,又彻彻底底地享受了一番最接地气的草根文艺演出。彭州人石英姐姐俨然一位文艺细胞拥满全身,一走路都会掉下几个的辣妹子。她个头不高,虽有六十好几岁了,但却像一只快活的百灵鸟玩转整个会场。当我与她短暂交流时,她喜笑颜开,快人快语："中国有五十六个民族，我是第五十七个，叫'月光族'。我每月都把工资拿出来组织这些兄弟姐妹们唱歌跳舞，自娱自乐，沉浸于我们自己的草根文化中。"天啊！待我还在玩味她的语句时，她已像一只小鸟似的飞走了，她走前还看了看我，甩给作协主席（他们曾是高中同学）一句话："把老师照顾好。"

在这远离繁华闹市的地方，还有这等快活伶俐、自然率真的优秀的"草根"姐姐。她根本不需要像我们一样年年体检，即便是体检，肯定也查不出这样病、那样病；这里的结节、那里的结节。她内心的强大和快活，是患得患失的都市人无法比拟的，她是一股山野之风，吹得众人舒心欢畅。

农家的歌舞升平有它模仿正规舞台的表演；有它兴致来了，现编现演的节目；也有它上一个节目与下一个节目衔接不上的尴尬瞬间。它有震天的喧闹和当节目接不上气时观众的烦躁与喧哗。不过，在这种时候，石英姐姐总会跳出来说："人生没有彩排，我们的节目也没有彩排"之类的话；而年轻的村支书也会披挂上阵，在黑色的西服上搭一条红色围巾说："大家少安毋躁。"于是，作为观众的当地村民和诗词部几十名成员就都迅速地安静下来，耐心等待下一个节目的开始。

"西天取经"不错，川戏表演不错，各种歌舞表演也顶呱呱。但是，都过于模仿正规的舞台化演出了，如果能展示一些当地的民间艺术表演，或表现当地生活情趣的歌舞小品，那将更加出彩，更加"草根"，也就更加与众不同，经久不衰。

下午，秋阳似乎逼走了上午的寒气，暖烘烘的，令人舒适万般。

石英姐姐一再给王主席说，你们诗词部的活动早安排好了，地点就在主席台上，时间是1点半到3点。活动期间，我们的演员、客人、村民原地休息。想听你们讲的，就在外围或坐或站；不想听的，可到小房间里打牌、聊天。当诗词部的其他老师提出活动应另选安静处时，石英姐姐坚定的语气和周全的安排，也就打消了大家的顾虑。我私下以为：就在主席台上进行吧，这块热土是外祖父刘度工作过的与民同乐的地方，我也正好在这热土上暖暖脚，畅所欲言。

红彤彤的主席台上搭起了简易的长条桌，铺上蓝白相间的格子桌布，显得整洁而清爽。长条桌后面摆了三把椅子，但我和王主席、刘部长都没有落座。王主席主持会议，简单明了地介绍了相关情况后，就将话筒递给我。

坐在台上的诗词部成员们，由于早在各大平台和媒体上看到过有关我的作品《春心》的一些介绍和评论，对我的分享都充满了期待。他们静静地看着我。于是，我单刀直入，说了"三乐"。一乐：今天是重阳节；二乐：今天受王主席之邀，到这里与诗词部老师们一起过节；三乐：今天把我的《春心》带来与大家分享，并谈谈我的创作缘由和体会。大家听到这里，频频点头。于是我以《三国演义》片尾曲《历史的天空》作为演讲的开场白，用歌词中的"担当生前事，何计生后评"引出对传记小说《春心》主人公刘度的探讨。

在创作缘由中，我讲到了广安，给大家即兴背诵了至今还传唱的刘度写的校歌："翠屏千仞兮翱翔，共渠水兮流长，英才乐育胶庠，中坚人物。期望，期望，期望，期望，望我学业向上，望我文化开放，望我竿头日进，改善中华气象，乘风破浪。"刚念完，掌声热烈地响起，这应该是对彭县"民国"时期最后一任县长的赞美，也是对我的鼓励吧。

我讲到了罗江。刘度在罗江当县长时，常带儿女们去白马关玩，于是令我在三国故事的启发下，给刘度写了一首判词："东汉刘度降凡尘，寓居川北才子身。逢凶化吉旧臣用，从来投机非士人。"读懂了这首判词,也就知道了刘度的悲剧命运。大家听到这里掌声四起。当然,更主要的还讲到了彭县,刘度的"西山剿匪""湔江轮灌""天彭壮歌"等。

  在创作过程中,我讲到了刘度的人物形象塑造不是简简单单能完成的,并与同行们做了较深入的剖析。大家听着我的讲解,自始至终保持安静,且频频点头。于是,我被他们的热情、真诚所感染,在一种难言的愉悦中,视线平移,望向远处。起风了,湔江仿佛蒸腾起了层层乳白色的薄雾,弥漫空中。此时此刻,不只有同人们在听我演讲,好像湔江之水也在听,天和地也在听,一种从未有过的洒脱和自如充溢心间。

  再看看舞台的两边,一些人三三两两地坐在长条凳上,貌似闲聊着什么与我的演讲无关的话题,但他们中有人时不时地或重复我的话,或接我的嘴。他们其实也在听呢,只是看起来没有那么专注、认真罢了。

  当演讲结束,开始签名时,诗词部的文友们和石英姐姐本人及随她而来的演员、工作人员等呼啦一下围到我的四周,争抢着请我签名。大家将打开的书高高低低呈立体状放在我面前,搞得我不知从哪一本开始签了。

  这就是令人尊敬的诗词部同人们,这就是能歌善舞自诩为"草根文艺表演者们",这就是君山的村民们。面对书写彭县"民国"时期最后一任父母官刘度的书,大家的心中充满好奇,堆满热情。这种好奇和热情其实就是对先贤最好的缅怀和纪念,也是对我,这位无名鼠辈最好的尊敬。

  分享会终是结束了,诗词部的同人们还围着我问这问那,久久不愿散去。

  2023年10月23日,我拥有一个最特别,最不一般的重阳节。从此,重阳节的意义就不再只属于老迈,它更属于年轻的心态和火一般的热情。

广安中学行,如饮一杯咖啡

当《春心》公之于众,获得新生,好评如潮时,我冷静下来,捧着这本书再走刘度走过的路,记下了彭州君山行,也记下了深秋三台行。今天,我将记下广安中学行。

到广安那天,正值初秋,芭茅在高速路两旁张开柔韧的翅膀,随着车轮一滑而过,分明是在向我们欢笑,向我们拥抱,我内心的欢畅可想而知。

在广安渠水边,广安中学高大而庄重的校门矗立眼前,周遭的行人显得渺小。视线越过大门中间长长的不锈钢栅栏,那缓缓向上的石梯,给人巍峨之感。毕业于该校的邓小平,其塑像位居石梯正中,四周鲜花簇拥。

通过聊天软件交流,已与该校的杨松、杨芸芸两位校长认识了。虽未见到杨松校长本人,但他干净、利落的工作作风,令我们交流起来毫无阻碍。而杨芸芸校长,当我们放下手机,在广安中学握手相认时,她身着的卡其色风衣让人感觉到了咖啡的氤氲,跟着她在校园各处参观,仿佛四周随时有咖啡的香味飘出。由于杨松校长临时接到开会通知,未能与其见面,他全权委托副校长杨芸芸陪同我们。午饭时,校书记也在席间作陪。

丰盛的午宴和舒适的午休,他们待我如贵宾,令我受宠若惊，感慨万千。其实，他们对我的尊敬，我全部收下；他们对我头上的光环——20世纪20年代的广安县立中学（广安中学前身）刘度（刘伯宪）校长的至爱和钦佩，我是无福消受的，只能在惭愧间，默默地祈福。

在我的《春心》里，刘度是活跃在纸上的风云人物。他是成都高师王右木马克思读书会的优秀成员，他是邓小平母校——广安中学（当时他们没有交集，邓在该校读书时，刘在高师求学）校训、校歌的创作者。而在广安中学校园里，刘度在近百年前创作的校训"勤、诚、俭、静"不再是停留在纸上的白纸黑字，而是贴于或刻于校园各处的立体的书写，甚至教学楼也分别以此命名了。在占地近400亩的广安中学，这样的立体书写和命名，也不再是几个简单的字了，而是融进成千上万学生心里的可以享用一辈子的生活和精神的养分了。

"业精于勤荒于嬉""小信诚则大信立""成由勤俭败由奢""静以修身，俭以养德"。古文化的闪光，无论在哪个朝代都不会衰朽，且都会被赋予新时代的意义。广安中学走过一百多年，这样的校训伴随了近一百多年。而它培养的不管是政界精英，还是学界泰斗，都有过这四个字对他们的浸润，不绝对地说，至少"勤、诚、俭、静"是他们走向人生制高点的原动力，是他们终身受益的快乐源泉。因此，在那个兴办新学堂的时代，刘度的四字箴言如宝剑出鞘，雪亮了校园。

打开搜索引擎，搜"广安县立中学校歌"，就会跳出奔腾向前的渠水画面。在画面的左下角，红色的图标显示：刘伯宪作词（刘伯宪即刘度）。而这首校歌进行曲般的旋律，仿佛冲开了水面。在广安中学90周年校庆时，学生们身着校服，整齐地立于邓小平雕像前面，精神抖擞地高唱："翠屏千仞兮翱翔，共渠水兮流长，英才乐育胶庠，中坚人物。期望，期望，

期望，期望，望我学业向上，望我文化开放，望我竿头日进，改善中华气象，乘风破浪。"一、二句写景，三、四句写莘莘学子，后面几句是刘度校长代表广安中学，向一批又一批学子提出的殷切期望：百尺竿头更进一层，文化开放万千气象！小我是努力学习，大我是振兴华夏。浅显的语言，轻松的表达，却涵盖了深刻的思想和衷心的祝愿。后据杨芸芸说，学生们都喜欢这首已走过近一个世纪的老校歌，每当唱响它时，自然就挺起了胸膛，自然声音就变得洪亮。

就这样，杨芸芸一直陪同着我们，并做了耐心、细致地讲解，表情永远都那么有亲和力，语调永远都那么平和舒缓。而我在这样的氛围下，如饮咖啡，思绪连绵。后再次追问杨芸芸校长，校园里八大教学楼是如何以四字校训命名的？她娓娓道来："勤奋楼、勤志楼、勤学楼、勤政楼、诚信楼、俭德楼、

身后是以校训命名的"勤政楼"

静心楼、静思楼,而这样的创意来自老校长王锡元。"

我希望能见到王校长。在杨芸芸与他电话交流后,王校长很快来到我们身边。只见他的头发虽有些稀疏,但双目炯炯,显得十分睿智。我感激他将教学楼用校训命名,太有历史传承感和厚重感了,他微笑着对我说:"刘度很伟大!"

"为什么这样说呢?"我问。

他说:"他当时才二十八岁,就完成了能这么流传久远的校训、校歌,搭起了新式学校的框架,不简单呢。"

我说:"他还做了更伟大的事情。"

"你这本书上写了没有?"他急切地问。

"写了的,您慢慢看吧。"我微笑着回答。

王校长开心而满意地点点头。

杨芸芸校长仍精气神十足地陪着我们,直到几个班的高中生到学术厅听我的讲座时,她都没有离开。她默默地边翻书,边听我讲解,没有一刻倦怠,我的敬佩之心油然而生。看来,她也很仰慕老校长刘度,希望在我的讲解中获得有关他的更多信息吧。

刘度,我的外祖父,你看看这些可敬可爱的后生吧,他们传承着你的校训、校歌,在你的歌词"乘风破浪"间,驾长风破万里浪了!

这一天的收获都归功于杨芸芸校长。她让我在短暂的广安中学校园一日游中,有了一次最好的如饮咖啡般的体验。

走过秋天　走过 2023

2023 年腊八节这天，我刚起床时，说不上什么开心和喜悦，但当闲逛菜市，购买做腊八饭的食材，在挑挑拣拣之间，喜悦和快乐像井喷似的涌上心头，将四周的喧嚣打压，独留一片内心的宁静和祥和。这才叫过日子啊！

为一个传统的腊八节兴奋着、忙碌着，看着微黄的百合和莲米，捧着红皮白心的芡实，再来几颗大红枣，一块散发着烟熏味儿的豆腐干……最后，这所有的惬意非常自然地让回家的路变成了回放即将过去的一年的风光之路。

2023 年是玉兔年，对我这个属兔的人来说，前半年过得平平淡淡，也妥妥帖帖。可从 6 月底开始，日子仿佛与以往不同了。我的著作《春心》历时两年多，终于得以公开正式出版，虽说不上什么惊喜，但漫长而持久的亦真亦幻的感觉，却总是令人备受鼓舞的。是真的，不是梦幻，日子还是那样过，该干啥干啥，但却有一种真实的快感时不时敲击着我的心灵。

当朋友说，2023 年是我人生的高光时刻时，我不敢得意，我自问：真的吗？其实，我等凡人哪有什么高光时刻可言，不过就是今年与往年相比有些不同罢了。不能得意，李白的"人生得意须尽欢，莫使金樽空对月"，那是诗仙李白啊，是散发弄扁舟的李白啊，我等凡人怎敢如此狂放呢？得意不起来，不过就是出了一本书嘛，圈内圈外，出了书的人多了去了，只有低调，才是面对自己出版新书的正确态度。

《春心》再现了我的外祖父刘度精彩而令人痛惜的大半生，他曾是"民国"时代成都高师的风云人物；是邓小平的母校广安中学校歌、校训的撰写者；是四川三台县的历史文化名人；是20世纪40年代中叶，四川罗江县（现罗江区）县长任上的开拓者、创新者；是彭县"天彭壮歌"中那个亲率地方起义的知名县长。由于这些原因，这本书先被历史学家、作家刘文杰发现、宣传，后被作家郎德辉宣传、推崇。于是，初秋九月和深秋十一月，在这个仿佛永远走不出，也不愿走出的最绚烂的秋季，两场《春心》分享会就分别在位于成都的汉室酒店和本心书院举行了。

9月10日，恰逢教师节，一直是教师身份的我，今天，却以《春心》作者的身份出现在武侯区汉室酒店大门口。今天，四川省汉文化研究会将为我举办一次分享会。望着古色古香、雕工考究的门楼，头一晚的情景浮现眼前：这次分享会的策划者和主持者，汉文化研究会副会长刘文杰教授突然打来电话说，他的电脑坏了，要把第二天的发言资料发在我的电脑上。听后我万分吃惊，资料拷过来是小事，但在关键时刻出现这种情况似乎有些不吉利。我担惊受怕地睡了一晚，凌晨又被轰隆隆的雷声吓醒了。窗外大雨如注，倾盆而下，分享会怎会在如此恶劣的天气举行，感觉有诸多的不顺。

结果，当我回到现实，走过酒店黑黑的甬道，坐上直升电梯，来到三楼会议室时，眼前顿觉一亮，约一百平的会议室窗明几净，而室外仿佛一下就呈现出雨后初霁、阳光灿烂的景象了。也许凌晨的那场大暴雨阻断了所有的不顺，也许我的外祖父刘度正乘雨而至，早已蜷缩在会议室的某个角落里静观、静听了。他生前可能从未想过自己故去七十多年后，后人们会为他开一场（不只一场）说不上盛大却影响深远的研讨会吧。

很多政界的领导莅临会场，还有一些史学界、文学界的知名人士也来到了会场。现场的先生们庄重、儒雅；女士们知性、含蓄，一场意义深远的研讨会便隆重开始了。

当刘文杰做了主题发言，并赞叹《春心》作者激情饱满、毅力惊人、笔调潇洒后，两位刘氏宗亲会的朗诵者便声情并茂地朗读了我为这场分享会写的诗歌《爱的投递》。我在泪眼婆娑间回过神来，主持人已点名让我发言了。

在长达四十分钟的演讲中，我自始至终强忍着内心奔涌的感情狂潮，因为要讲好这位既平凡又伟大的外祖父，感情的爆发点处处、时时都可能被点燃，因此我总是在最难讲述的制高点时，语气低沉，声音哽咽，但又要尽量掩饰，故作轻松，所以喉咙干涩、发紧，一直处于撕裂的状态。还好，喝一口玻璃杯中颜色诱人的红茶，情绪立马平复下来。

我以《三国演义》片尾曲"历史的天空"作为开场白，"担当生前事啊，何计身后评""历史的天空闪烁几颗星，人间一股英雄气，在驰骋纵横"等等，这些诗句在这特定的环境中就指我的外祖父刘度。接着，我谈到了创作的缘由。从搜索母亲的遗物开始，到去外祖父刘度曾经工作和生活过的地方采访、游览：罗江、彭县、三台、广安等，一路上都有新发现、新感觉，为最后书的完成打下了全方位的基础。然后谈到了创作的过程和人物形象的塑造。要介绍刘度一生中为百姓做了哪些好事很简单，逐条写下来即可，但要还原刘度这个人物形象，难度却很大。最后谈到了结果，即《春心》完成后在家族、朋友、文学圈内的反应。

谈完以上四点，自始至终无人上厕所，时而还有掌声响起，令我感动之至，倍感欣慰。

后来就是各位大咖的精彩发言。在拥有50多人的室内，发言、讨论之声此起彼伏：关于刘度本人，关于刘度的贡献，关于刘度的历史意义和《春心》的文学意义等，大家都做了较充分的肯定。

最后，刘茂才给大家演唱了一首自编的歌《风口浪尖》。他把自己的一生时刻处于风口浪尖作为创作的思路，编成歌曲。其实，这应该也是刘茂才的用心良苦，他的人生时时处于风口浪尖，而刘度的人生又何尝不是这样呢？刘度除了风口浪尖，还赴汤蹈火，最终用生命诠释了他的"春心"。

约两个月后。

11月5日，秋天的最后一天，蓉城仍显出一派和煦温暖的景象，阳光出奇地好，空气也比较清新。如果说，汉室酒店的分享会因一些小小的意外和天气的原因，让我起初有些惊慌失措，有些忐忑不安，那在本心书院举办的分享会，我更多的是从容和自信。同时，好像也有一种类似甜蜜忧愁的轻微紧张。

在成都著名主持人陈岳叔叔的本心书院，约两人高的孔子塑像立于进大门的左侧。顺着大门斜对的木质楼梯而上，右手边第一间多功能厅便敞于眼前。四川省散文学会创研部举行的"《春心》研讨会"，红底白字分外醒目、耀眼。横幅下面由十余张小长条桌拼成的大长桌，白色的桌布，盛开的百合，交相辉映，庄重中有几分淡雅，严肃中有几分轻松。每人的桌面前还摆放了雅致的果盘，盘里堆满了做工精巧的糕点。当滚沸的开水倒入每人的茶杯中时，整个多功能厅便茶气氤氲起来了。

四川省散文学会副会长郎德辉来了，为《春心》作序的历史学家、作家刘文杰来了，研讨会主持人徐成君来了，还有省散文学会创研部众多会员和特邀嘉宾都准时而整齐地来到了会场。大家坐在这整洁、光鲜、大气的室内，脸上的表情都喜气洋洋，仿佛在赶一个什么盛会。

我自信地登上了讲台，侃侃而谈。

这次研讨会由于与上次的相距近两月，其间，我已给刘度工作过的地方：彭县、罗江、广安、三台等地的相关部门送了书，接触了一些人，又有了有关刘度的新发现。于是，我在上次汉室酒店讲解的基础上有了一些调整，更多地讲到了"新发现"和在文学创作方面的思考。

"新发现"。来自彭州的消息：刘度在1949年起义时，发动百姓在街头巷尾悬挂各种材质的五星红旗，成为当时轰动一时的新闻；来自罗江的消息：刘度主持修建的县立中学旧址还在，他编写的地方自治手册还在；来自广安的消息：刘度亲撰的校训"勤、诚、俭、静"已成为现在广安中学八大教学楼的名称；来自三台的消息："民国"时期三台县县长郑献征，其女儿郑碧贤十多年前在三台修了一座抗战水利纪念园，而我希望有更多的负责建设和教育的第三科科长刘度的史事进入纪念园。

文学创作方面的思考。《春心》公开出版后，引起了文学界、史学界的重视，在社会层面也引起了说大不大，说小不小的关注。一些热心的读者给我留言说，刘度像李庄的罗南陔，又有人说，像台湾作家齐邦媛《巨流河》中的齐世英。于是，我将刘度与这两人做了比较，并把比较的过程和结果与大家做了分享。

当在座的每位作家、文友谈了自己的感想后，省散文学会副会长郎德辉做了激情万般的总结性发言。在他看来，尽管很多人认为《春心》是一部传记小说，但它其实更像一部大散文，即："宏大的叙事，细腻的人物刻画、情景描写，大量的对白，都具有大散文的鲜明特征。"而"全书的宏大叙事所呈现的大散文的大格局、大境界和大气象所托起的刘度这位人物，为新时期的中国当代文学人物画廊，提供了又一个崭新的文学形象"。

整整两个半小时的分享会，窗外，天色由明到暗，再到华灯初上，室内的气氛一直是那么温和而热烈。当郎会长发完言，站起来向我这个刘度先贤的后人敬礼时，全场爆发出热烈的掌声，经久不息。

这就是2023年的两场分享会！虽然秋季在一年之中就短短的三个月，但在专属我的这个秋天，却是具有代表性的。它是可遇不可求的精彩瞬间，它是不能过多奢求的时光记忆，它当然也就让我的全年都充满梦幻迷离的迷人色彩。

众生都不喜欢苦难而喜欢甜蜜；都不喜欢坎坷而喜欢平顺；都不喜欢忧愁而喜欢快乐。但现实往往是苦难、坎坷、忧愁布满生活，纠缠不清。我的2023年，虽然甜蜜、平顺、快乐，但它不是纯粹和单一的，其间也饱含了苦难、坎坷、忧愁。只不过那闪光的秋季遮掩了一切，让苦难、坎坷、忧愁华丽转身罢了。

生活总是充满哲理的，时间就在这样的哲理间一年又一年。我们唯有保持泰然、平和的心态，方能在复杂、多变的生活面前"逢山开路，遇水搭桥"，顺利度过一年又一年。

最后，让我虔诚地感恩2023年所有的遇见！

成都 12 月的天空

　　成都 2024 年 12 月 26 日，阴沉的冬日被灿烂的阳光覆盖，城市的上空、四周，乃至地上仿佛都跳跃着快乐的音符，抚慰着久违阳光的人们。

　　广东某著名摄制团队里的知名媒体人——彭县起义口述史项目的冯舜旭导演，带着他事前拟写的采访提纲来到我家。于是，这岁末便有了预热的效应。

　　我作为四川彭县"民国"最后一任县长刘度的外孙女，于 2023 年公开出版了一本纪实长篇《春心》。该书塑造了"民国"新人刘度的形象，着重再现了他精彩的大半生，尤其是在彭县的两大壮举：湔江轮灌制度的制定和实施者（两千多年来有史书记载的第一人）；彭县起义中，地方政府起义的组织和领导者。因为这个缘由，且我作为彭县起义者的后人，成了冯导演岁末采访的对象。据相关人士说，我们（包括其他后人和有关人员）的采访内容，将在即将开放的"走向人民——彭县起义专题展"上滚动播放。

　　冯导演原计划在我这里采访半小时，最多一小时，结果他精准而略带锋芒的提问，以及我流畅而自如的回答，不知不觉时间已走过了四小时。愉快的四小时，兴奋的四小时，我坐在创作《春心》的那把藤编椅子上，双手伏案，谈兴未有一点衰减的意思。我从刘度的"成都高师""教育足迹""三台春秋""罗江任上""天彭壮歌"中娓娓道来,既回答了冯导演恰到好处且直抵内心的提问,同时又一次将我的书梳理了一遍;既有昨日重现的复杂情愫,又有今日刘度重登历史舞台的无限快意!

冯导演带来的这场12月的预热,让我这间书房从此将日日时时阳光普照。

早在1949年12月27日,成都的天空已是阴霾全扫,阳光朗照。大街上锣鼓喧天,市民夹道欢迎解放大军入城,成都因彭县起义的成功而免遭兵燹之灾,和平解放了。小巷里处处都能听到开心的人们欢快地哼唱"解放区的天是明朗的天,解放区的人民好喜欢"。在七十五年后的2024年的12月28日,我作为刘度的后人,应成都市委统战部和彭州市委统战部之邀,来到了这片神奇而史诗般的土地上,前往彭州龙兴寺旁的水街,参加"统一战线与成都和平解放七十五周年主题宣传暨'走向人民——彭县起义专题展'揭幕仪式"活动。

大幕即将拉开。当我在12月28日上午10点前赶到会场时,被所见之景感动了。街道整洁、干净,天空虽是铅云集结,但这种集结应该就是我曾无数次在脑海中出现的1949年12月12日的天空之镜像。

龙兴塔高耸入云,虽已不是1949年起义时的那座塔了,但这在原址上重建的塔楼仍是承载了太多的历史风云和民间传说。每次我到彭州看到它,总有特殊的感觉和情结,而在这最具特殊意义的七十五年后的今天,再睹它铅云下的姿容,心里的感觉就像被打破的玻璃魔方一样,碎了一地。

记得当时彭县县长刘度在地方起义动员大会上讲了三点,概括起来就是:"双十协定"刚让我们看到了曙光,内战又爆发了。物价飞涨，民不聊生。蒋介石集团祸国殃民，已走到穷途末路，譬如甘蔗，已经剥到没有再剥的了，快要进垃圾堆了。我们作为地方县政府绝不能置全县人民的生命财产安全于不顾而去追随蒋介石打游击，使老百姓置身于战火灾难中。我们不做历史的罪人；我们竭诚拥护三位将军通电起义，要以保境安民的大局为重，绝不能使老百姓受难，不能使我们的粮食被抢光、烧光。我们地方政府及各界人士要配合这次起义，与蒋介石集团决裂；我们通令国民党县党部、三青团、中国国民党中央特别委员会立即停止活动。要求银行、田粮处、档案室等做好自己的工作，该冻结的冻结，该封存的封存。要求警察局维持好治安。所有机关职员继续供职，不许擅离职守。商会负责通知各行各业照常营业，欢迎解放军来接管。

这是刘度在1949年12月12日起义动员大会上的讲话要点。起义前，他迎来送往各方民主人士，与"刘、邓、潘"及地下工作者密切配合，运筹天下大事。起义后，他多方征粮，并转发"刘、邓、潘"的公开信给各机关、团体、学校，要求遵照执行，以保护好起义的胜利果实。无论是起义前、起义中，还是起义后，这龙兴塔直指的天空上，已永恒地定格了他曾经留下的一个个精彩瞬间，这瞬间最终掀起了历史长河中的朵朵浪花。

这虽不是2024年12月28日彭州水街"走向人民——彭县起义专题展"拉开的大幕，但若没有当年中国共产党统战工作在彭县的全面胜利，就没有彭县"刘、邓、潘"的军队起义和刘度的地方起义，今天的大幕也就无法拉开了。因此，我在龙兴塔直指的天空下回忆那险象环生，同时又平安稳妥的和平起义过往，旨在为揭幕仪式做一些内容和背景上的补充。

成都市许多领导来到了早已布置好的龙兴塔旁水街露天会

场，会场旁就是刚落成的，占地约三百平方米的"走向人民——彭县起义专题展"展厅。台下近百张整齐摆放的椅子已蒙上了白色椅套；台上一幅巨大的红底白字宣传牌立于正中，上书"统一战线与成都和平解放七十五周年主题宣传暨'走向人民——彭县起义专题展'揭幕仪式"。

天空仍是铅灰色，但会场上的红红火火及参会者既严肃又快乐的表情，已让这点不足忽略不计了。

彭州政法书记快步走上主席台，扫视一圈后，宣布揭幕仪式开始。他强健的体魄和中气十足的言谈，迅速让会场安静下来。而此时的我，仿佛已将七十五年前的起义与七十五年后彭县起义专题展的揭幕仪式重叠起来了，历史的天空与现实的蓬勃令人感慨万千，激动万般。

待我回过神来，彭州市委书记已在致辞了。他说，七十五年前的12月9日，"刘、邓、潘（刘光辉、邓锡侯、潘文华）"三位国民党将军，积极响应共产党的号召，毅然发布起义通电，坚定走向人民阵营。七十五年来，彭州人民积极传承这段荣光，坚定不移推进中国式现代化的宏图伟业，不断开创发展新局面，续写彭州新辉煌。

当四位领导走向展厅大门，齐心协力拉下门框上的红绸时，四周掌声雷动，随即与会者在讲解员的引导下鱼贯而入展厅。进入一楼展厅，大家屏住呼吸，完全被大视频里有关成都解放的滚动画面和深情的讲解吸引住了，看着、听着，意犹未尽。

整个展厅分上下两层，由"星星之火 光照彭县""抗日救亡 建立联系""运筹帷幄 待时起义""彭县起义 决胜川西""时代巨变 彭县新生"五个部分组成。当我走到"决胜川西"这个主题下时，刊于头条的便是彭县政府起义，其文字叙述如下："1949年12月12日，国民党彭县县长刘度和参议长罗雨苍宣布起义，命令国民党县党部等停止活动。21日，"刘、邓、潘"在起义后联名致信刘度，提出军队与地方协调行动三项主张。23日，刘度以县长名义将来信转发全县各机关、团体、学校，要求遵照执行。"除了这史载的文字叙述，还配有原件复制品，其还原历史本真的意图得以实现。至此，一种释然撞击我的心灵：纪实长篇《春心》没有白写，其对历史真实的还原起到了积极的推动作用，同时产生了多方面的影响。

走出一楼展厅向右，一道向上攀越的砖砌台阶映入眼帘，每级的立面都贴有凸起的金色大字。一级一级走上去，第一级：12月9日，刘文辉、邓锡侯、潘文华率部在彭县龙兴寺通电起义；第二级：12月10日，蒋介石飞逃台湾；12月12日，国民党政府彭县县长刘度宣布起义。再往上走，都是关于四川各地军队起义的表述。看到此处，我早已心绪难宁，澎湃而起了。是啊！刘度配合"刘、邓、潘"的军队起义，亲率彭县地方政府起义成为四川首举，对川内各地的纷纷响应起到了巨大的引领作用。

置于铅灰色天空下的彭县起义专题展揭幕仪式，至此完美落幕了。我作为起义人员刘度的外孙女，心里装着整个揭幕仪式的全过程和展厅里呈现的主要内容，早已忘掉了自我。彭州档案馆馆长和宣传部部长来到我面前，探讨着川西第一面五星红旗从彭县升起一事。我想到了彭县人王尔其老师，他记忆中的刘度在起义前曾要求街道两边的住户和商家都要自制一面五星红旗，尽管五颗星星的摆放家家都不一样，但并不影响它在川西彭县的首次高高飘扬。

当我即将转身离开展馆时，高耸入云的龙兴塔，其金色的宝顶仿佛绽放出火焰般的光芒。也许是该光芒的指引，我们一行人来到寺里围炉煮茶，坐等素全法师的到来。

当年彭县起义时，很多士兵住在龙兴寺，彼时的主持正乘法师积极地与刘度县长联络，由县长出面给这些士兵安排好了衣食住行。我是无缘见到正乘法师了。但成都解放七十五年后的今天，能见上正乘法师的第二代接班人素全法师也知足了。想着想着，我从四周人们尊敬的眼神和已近身边的轻微的脚步声中感觉到：素全法师来了。他来了，身体轻盈，说话细声细气，大病初愈的他略显倦怠，但当听说我是刘度的外孙女时，叫手下取来一条已开光的红色攒金布头蛇，并对我说：祝福你及全家蛇年好运！

缥缥缈缈、虚虚无无间，我似乎捕捉到了一点刘度他们当年起义时的紧张、惊险、艰难之味道，但终是在多方力量的共同努力下化险为夷，取得了和平起义的全面胜利。

而今天，我们和素全法师一起围炉煮茶，慢条斯理撕下红苕的皮，再含一口烤得滚烫的酸酸甜甜的金橘，轻松地话说那曾经的天下大事，天下巨变。

别了，铅灰色天幕下的龙兴塔，你在我心中将永远熠熠生辉。

"立春"这天

立春,在川西彭州温暖的阳光下被小心翼翼地捧出,就像一双佛手捧着一枚珠宝,晶莹剔透,珠圆玉润。

始建于东晋的七佛胜地龙兴寺,以我从未见过的巍峨庄严呈现于眼前。从来都是从侧门驱车而入,或驻足参观,或喝茶聊天,今天则要规规矩矩地从它高大、宽敞的大门信步而进了,这是怎样一种熟悉而陌生的感觉啊。

这个"立春"恰遇大年初六,龙兴寺人头攒动,香火旺盛。一群人,一大群"民国"彭县最后一任县长刘度的后人,男男女女,老老少少,风风火火,四周香客或游人的闲散和漫不经心,衬托出了他们跨进寺庙后的心无旁骛,直奔主题。

当六米长的"刘度诞辰 128 周年 后世宗亲追思会"红底黄字长幅在藏经楼前被一拉,便迅速引来龙兴寺里众游客的追捧和围观。更匪夷所思的是,身着深黄色袈裟的龙兴寺住持素全,像一阵风突然出现在我们的队列里,并对刚好站在他身边的刘度长外孙慈祥地说:"我也参加进来。"柔柔和和,温言细语。于是,摄影师快速按下了快门。素全法师这才和身边的刘度后人们一一握手,并说:"感谢'刘、邓、潘'三位将军,感谢刘度,他们为成都的和平解放做出了不可磨灭的贡献,我们永远都不会忘记他们!"(因去年 12 月我曾拜访过素

全法师，谈到他前任的前任正乘法师与刘度是好友，曾给住在龙兴寺的起义队伍很多帮助）

如果说2025年2月3日刘度后人在彭州的大聚会分为三个乐章的话，第一乐章为到九公山祭奠刘度的幺儿天秋；第二乐章是在肥犇仔花园餐厅的海棠厅开追思会，并共进午宴；第三乐章乃是到彭县起义旧址龙兴寺和水街"走向人民"新展厅参观。这三个乐章有太多的精彩和出其不意，除了上面提到的素全法师突然出现而外，刘度的玄外孙，年仅三岁半，一听我说素全爷爷来了，便立即跑来，并在素全脚下行了一个佛教的"等身大礼"，引得众人惊诧不已，同时也带给素全万般兴奋。还有就是一些在寺里闲逛的刘姓朋友也加入我们的队伍中，要和我们合影留念。因此，"立春"这天，龙兴寺温润的阳光点燃了刘度后人太多的兴奋点，它在我们每个人心中多多少少产生了忘我而顾他的快感，同时也成了我写这篇文章时最愉悦的瞬间。

回放第二乐章：海棠厅追思会。海棠厅宽敞、明亮，朴素、简洁。三个大大的圆形餐桌一字形摆开，珍馐馔玉层层叠叠堆在桌上，大家却没有要急于举箸的意思，而是看着主席台上的投影仪，静静地等待着。刘度长孙刘嘉馨站在一字形摆放的三大圆桌面前，手持话筒说道："各位长辈、同辈、晚辈，大家新年好！今天是大年初六，也是'立春'，我们齐聚彭州肥犇仔海棠厅，一是为欢聚一堂，共迎新春；二是为在我们的爷爷或外公曾经领导过的彭县地方起义所在地开一个追思会。下面有请刘度长外孙燕果讲话！"

燕果信步上前，在投影仪下停住，边请刘度外孙邓小山播放手提电脑上的内容，边指着投影仪上那承载了太多过往的照片，兴奋地讲了起来。讲到了刘度就读的"成都高师"马克思主义读书会；讲到了他曾作为广安中学校长，写下的校歌、校训；讲到了他执政三台、罗江的故事；更讲到了他在1949年12月12日，配合"刘、邓、潘"的军队起义，亲率彭县地方政府起义，为成都的和平解放，为新中国的全面胜利立下汗马功劳。燕果简要的讲解，是对我的著作《春心》内容的再次回顾和呈现，刘度后人们仿佛永远都看不厌，听不够，任凭桌上的香味在四周缭绕，感动的心再次被注入更多的骄傲和自豪，美味佳肴已显得不再吸引人了。

刘度儿女们的生存发展现状，又是怎样的呢？这成了燕果讲解的重点。在他幽默风趣的讲解中，台下的后辈们，时而泪眼盈盈，时而笑声朗朗。刘度的九个儿女大多在高寿之年病故，现仅有两位健在，一位是九十二岁的三女儿刘仁英，一位是八十五岁的二儿刘仁璞。在展现已故者的照片时，众亲突然捕捉到他们曾经的明亮和风采，自然泪流满面。但燕果没有让众亲的悲伤喷发，而是又生动地讲了他们曾有过的快乐而有趣的故事，引得大家捧腹不止。特别是刘度的长子刘仁瑞少时，身强体壮，无忧无虑，胆量超群，曾在成都百花潭附近的南河涨大水时舍身救人，一跃而入水中，引来周围民众肃然起敬。听得台下宗亲们一阵开怀大笑，且仿佛突然意识到：缅怀不是为了宣泄悲伤，而是为了更开心地活着。又一个关于刘仁瑞的小插曲：因家庭方面的特殊历史原因，仅读了铁路中专的他被分配到陕西宝鸡虢镇铁路大修队工作。一个曾经无忧无虑，心气极高的人干上了最基层的体力活，上天真会开玩笑啊！但他乐观的一面、淳厚的一面却在此时全面发力了。每次离开虢镇回到他大姐（燕果、燕东和我的母亲）家，总带给我们回味无穷的笑声。比如，在一次与我们合完影后，他放下手中的道具——一本相册，马上就说了一句与合影完全无关的话题：

"龙家湾儿（现浣花溪一带）旁边那个城墙倒拐（四川方言，拐弯、转角处）的地方，有家酥油茶店，他家的油茶好吃得很，一喝进嘴，两边一边飙一尺。"天啊，大家听到燕果说城墙倒拐时已稀稀拉拉笑起来了，再听到"一边飙一尺"时，早已忘了体面，纵情大笑，如同一波海浪将整个会场淹没了。燕果除了讲刘仁瑞的生动插曲，也讲了刘度的长女是如何加入地下党走上革命道路的，二女又是如何成长为新中国第一代女雕塑家的，三女又是怎样成为全国三八红旗手的，四女又是怎样成为贵州大学教授的，等等（详见《刘度的四位千金》）。刘度儿女们的荣耀故事在这立春的追思会中，再一次在后辈们中传递。同时，也借此让刘度的在天之灵知晓，他的儿女们在大动荡、大变革时代已打拼出了自己的天地，并大多成为各自天地里的佼佼者。还有重孙辈呢！继刘度的长孙毕业于上海复旦大学后，他的重外孙燕然（燕东的儿子）也毕业于复旦大学。著名高等学府复旦大学与刘度后人结下不解之缘。这一切又该令刘度荣耀了。作为20世纪初成都高师的风云人物，他自身的荣耀自不必说了，他的后辈们也有令他倍感骄傲的今生今世。

燕果的演讲结束后，主持人刘嘉馨将话筒递给我，希望我补充几句。作为纪实文学《春心》的作者，我要讲的都写在书中了，于是只补充了两点：第一，创作《春心》的缘由是因收拾母亲的遗物而起。若还没有阅读该书的，请抓紧阅读；第二，四川汉文化研究会刘氏宗亲的刘文杰教授，也是《春心》的发现和推动者，本计划约四川汉文化和彭州刘氏宗亲相关人士一同前来参加这个追思会，但皆因春节大假期间，各家应酬和娱乐早已安满，未能成行，深表遗憾。大家听完这两点，点头鼓掌。这掌声既是对我创作《春心》的感谢，也是对刘文杰教授不能带队前来的遗憾表示理解。

举杯开宴。欢乐的笑声、祝福声在觥筹交错间高调地传送，大家开怀畅饮，大快朵颐。这时，刘度的家孙（幺儿的小儿子）刘华端着酒杯来到我身边，说道："燕姐，今天的追思会开得太好了，燕大哥搜集整理的照片视频我们要不断往里面加内容，除了加我们这辈的内容，还要加我们儿孙辈的内容，这样不断地加进去，就是一本电子家谱了哦。"我回答道："你这个建议太好了，除了我们的子子孙孙不断地加入内容，我们还要往上追溯。刘度的父亲是三台一中学敲钟的，那敲钟人的父亲又是谁？他们又是怎样从湖南来到四川三台的？诸如此类的寻根问祖应该开始行动了！"表弟刘华点头称是，并一仰脖将酒一干而尽。

参观一址一厅展览，即参观彭县龙兴寺藏经楼起义旧址和彭州水街"走向人民"新展厅，成为这次追思会的高潮。这个高潮在没有任何彩排的情况下，演绎了文章开头拉横幅时精彩的一幕幕。而刘度九十二岁的三女儿拄着拐杖率众亲第一次登上龙兴寺藏经楼后，她便久久不愿离去。因她的爹爹七十多年前曾在这里与地工、民主人士及"刘、邓、潘"三位将军共谋起义大业，披肝沥胆、呕心沥血，其气息和心跳她好像还能感觉到。她拄着拐杖慢慢走着，看着，似乎要让当时的一切重演。后辈们渐渐围在了她的身边，她语气凝重，略带哽咽，终是一字一句地给大家讲着她爹当时起义的一些小片段和她父母曾给予他们的教育思想及方法等。时间不等人，在三孃（此处指三姨）儿子的催促下，大家依依不舍地离开藏经楼，前往水街新展厅参观。

新展厅位于水街繁华地带，春节的天空下，到处张灯结彩，游人如织。众人到了"走向人民"展厅前，只需扫一扫身份证，便可免费参观。刘度后辈们由于在旧址已对彭县起义做了一次较深入地了解，因此，这个新展，大家直奔有关刘度的两处：一处是第三单元头条关于刘度的展板介绍；一处是展厅外右侧楼梯梯步立面关于刘度起义的表述。后辈们一一在1949年12月12日刘度宣布起义的梯步上或蹲或站，拍下了永恒的瞬间。最后刘度的三女面向晚辈总结似的说道："旧址对刘度的表述不太客观，新展的表述就比较正面而客观了。不管怎么说，1984年刘度平反后，我们家里人心里的石头落了地，但社会上的人对刘度还没有真正了解。这次全靠燕羽写的《春心》，才让社会上的很多人了解了刘度，也才有彭州统战方面在新建的纪念成都和平解放七十五周年的彭县起义展厅中，对刘度有比较正面而客观的表述。我们都要感谢燕羽，她功不可没。"

听到三孃对《春心》极大的肯定，我颇感欣慰。是啊，《春心》带给我们这个家族的良好影响，再一次凝聚起了宗亲之心；而它带给社会的良好影响，便是让世间之人真正认识了刘度，了解了刘度，同时也让那段真实的历史不再尘封。

最后，我想再次沿用《春心》中的句子作结："那个举起义大旗的刘度也走了，再也没有回来。有人说在彭县西山看到过他，那是在春播的时候。"是啊，他永远留在了彭县西山，也许早已幻化成了杜鹃鸟，"锦瑟无端五十弦，一弦一柱思华年。庄生晓梦迷蝴蝶，望帝春心托杜鹃"。现在，他于1949年留在彭县的幺儿已在几年前追随他而去，长眠在彭州九公山了，时时刻刻等待那只催人劳作的杜鹃鸟在他的头顶盘旋、飞翔，飞翔、盘旋。

2025年"立春"这天，刘度后辈四十多人的大聚会，都因我们有这样一位令人景仰和骄傲的祖先，也都为了这位令人景仰和骄傲的祖先。

后　记

　　《一船星辉》从对世界的游历，到对风物的感悟，再到走进自家的生活，即从外面的世界认识自己，同时，也从自家的生活再度认识外面的世界。

　　"世界那么大"。欧洲、北美、非洲，异域风情、历史、文化等尽收眼底，融入心中，而文章所承载的则是看山不是山，看水不是水的丰富生命体验。川西秘境，云贵高原，新的探索和发现，既是风景的高地，也是人文的高峰。

　　"风物细思量"。即感悟自然、山川、花草，追求独特的视角，独特的表现，独特的思考。在一种不经意间，达到物我相忘，启迪哲思的境界。

　　"围炉话过往"。自己的过往，家的过往，祖辈的过往，尽在"围炉"间被盘点，被寻觅，被激活。祖辈史诗般的过往，沉淀了家的厚重，也填补了川西历史的空白，从而成为《一船星辉》里最闪亮的人文之星。

　　看世界和风物，结果是看自己；写家事和先贤，最终是为了看清那曾经的世界。风景、家事与我，我与风景、家事，它们在一种相互勾连和回环往复中，尽显内心的思考和遐想。

　　最后，特别鸣谢为我设计、编排目录并作序一的著名历史学家和作家刘文杰先生；特别鸣谢《四川日报》著名记者（现任职于四川省文联）韩梅女士力荐此书；特别鸣谢青年诗人、诗评家曾兴拨冗为该书（曾参与撰写《四川百年新诗选》前言）作序二。

燕羽
2025年3月5日于沁芳亭